星新一少年科幻
XING XINYI SHAONIAN KEHUAN

梦之城

［日］星新一 著　王维幸 译

ART TIME
时代出版
时代出版传媒股份有限公司
安徽少年儿童出版社

著作权登记号：皖登字 12171732 号

"Gôrishugisha", "Chôsa", "Deluxe na Kinko", "Tengoku", "Mujûryoku Hanzai", "Uchû no Kitsune", "Yûkai", "Jônetsu", "Ojizô-sama no kureta Kuma", "Ôgon no Ômu", "Cinderella", "Yume no Mirai e", "Kata no Ue no Hisho", "Yukitodoita Seikatsu", "Dasshutsuguchi", "Motarasareta Bunmei", "Eru-shi no Saigo", "Yume no Toshi", "Circus no Tabi", "Kawaii Polly", "Keiyakusha", "Shindan", "Usugurai Hoshi de", "Kiro", "Sôzoku", were published in *Akuma no Iru Tengoku* in 1975 by SHINCHOSHA Publishing Co., Ltd., Tokyo
"Ôi Detekôi" was published in *Bokko-chan* in 1971 by SHINCHOSHA Publishing Co., Ltd., Tokyo
All written by Shinichi Hoshi
Copyright © The Hoshi Library
Simplified Chinese translation rights arranged with The Hoshi Library
through Japan Foreign-Rights Centre/Bardon-Chinese Media Agency

中文简体字版权由上海高谈文化传播有限公司所有

图书在版编目（CIP）数据

星新一少年科幻. 梦之城 /（日）星新一著；王维幸译 . —合肥 : 安徽少年儿童出版社，2019.1（2024.4 重印）
ISBN 978-7-5397-9836-3

Ⅰ . ①星… Ⅱ . ①星… ②王… Ⅲ . ①科学幻想小说—小说集—日本—现代
Ⅳ . ① I313.45

中国版本图书馆 CIP 数据核字（2017）第 273575 号

XING XINYI SHAONIAN KEHUAN
星新一少年科幻
MENG ZHI CHENG
梦之城

[日] 星新一　著
王维幸　译

出 版 人：李玲玲　　　　策划统筹：张春艳　　　　责任编辑：王少锋
责任校对：冯劲松　　　　特约编辑：宣慧敏　沈　睿　　责任印制：郭　玲
封面设计：薛　芳
出版发行：安徽少年儿童出版社　　E-mail：ahse1984@163.com
　　　　　新浪官方微博：http://weibo.com/ahsecbs
　　　　　（安徽省合肥市翡翠路 1118 号出版传媒广场　邮政编码：230071）
　　　　　出版部电话：（0551）63533536（办公室）　63533533（传真）
　　　　　（如发现印装质量问题，影响阅读，请与本社出版部联系调换）
印　　制：安徽新华印刷股份有限公司
开　　本：635mm×900mm　　1/16　　印张：12　　　　字数：100 千字
版　　次：2019 年 1 月第 1 版　　2024 年 4 月第 9 次印刷

ISBN 978-7-5397-9836-3　　　　　　　　　　　　定价：22.00 元

日本科幻天皇——星新一

丁丁虫（科幻文学阅读推广人）

星新一，本名星亲一，他还有个弟弟名叫星协一。两个人的名字都来自他们的父亲星一创办的制药公司"星制药"的一句口号：亲切第一，协力一致。

星新一的父亲星一，在日本近代史上也是有一定知名度的人物。星一早年留学美国，与日本著名医学家野口英世结为一生挚友。回国之后，星一创办了星制药股份有限公司。1925年，星一同小金井精成婚。小金井精的父亲小金井良精是东京帝国大学（东京大学的前身）最早的十名医学博士之一，母亲喜美子则是著名作家森鸥外的妹妹，和森鸥外一同创办了日本最早的文艺评论杂志《栅草纸》。因此，小金井一家固然可以说是医学世家，但其文学传统也不容忽视。只不过当时谁也不会想到，星新一会把这一文学传统继承下去。

根据星新一的回忆，星一曾在星制药商业学校的开学仪式上说过"改良发明永无止境，要向着它们不懈努力"。仿佛是为了身体力行这一号召，星一有过无数奇思妙想，譬如"味噌类似食品制造法""从蚕蛹中提取营养物质法""日本酒浓缩法"等。实际上，早在1918年，星一就曾写过一篇科幻小说《三十年后》。照星新一的说法，他的故事点子很大程度上受了父亲的启发。

星一本人于1951年访问洛杉矶时骤然病故，时年78岁，身为家族嫡长子的星新一（那时年仅25岁）被迫接过星制药的领导重任。由于时局变换，星制药此时已经背负上巨额债务，而星新一缺乏其父的经营才能，当时的状况真可以用"内外交困"四个字来形容。经历一番挣扎后，翌年星新一终于召开了记者招待会，宣布放弃星制药的经营权，将之转移给以企业重建闻名的大谷米太郎，并将自己的名字从"亲一"改为"新一"，寓意自己的新生。

少年时代的星新一，从未想过自己将来会成为一名作家。上中学时，他的作文并没有受到过很高的评价。促使星新一走上作家之路的，大概是这样几个契机。

第一，与芥川龙之介奖候补作家原诚的相识。原诚的作品是1955年芥川赏最终考评的五部入围作之一。虽然当年的芥川龙之介奖最终为石原慎太郎所获得，但与原诚相识的经历令星新一想起自己是森鸥外妹妹的外孙这一身份，从而认识到写作也是自己人生的选择之一。

第二，星新一发表在科幻同人志《宇宙尘》上的《高潮诱发器》大受好评。柴野拓美创办的《宇宙尘》虽然是属于科幻爱好者的具有玩票性质的杂志，却是当时日本发表科幻作品最重要的平台，或者更准确地说，在当时没有任何一家商业杂志接受科幻小说的情况下，《宇宙尘》就是科幻小说唯一的发表平台。星新一在

《宇宙尘》上发表的《高潮诱发器》，经过日本另一位科幻风云人物矢野徹的介绍，被转载于商业推理杂志《宝石》，并得到其主编、在日本文坛成名已久的江户川乱步的大力推荐。据说，当年矢野徹看到这篇小说的时候，激动不已地向江户川乱步报告：天才出现了！

第三，星制药的内外交困促使星新一下定决心转移公司的经营权，专心从事写作。不过尽管放弃了经营权，星新一仍然身兼星制药董事职位，每月有10万日元的收入。考虑到日本当时一碗拉面只要40日元，日本人平均月工资也只有1万日元，这笔收入绝非泛泛之数。可以说，和当时大多数科幻推动者不同，星新一是在衣食无忧的情况下走上作家之路的。

星新一成为科幻爱好者和写手们憧憬的对象。这时候的星新一确实可以说是日本唯一一个专业的科幻小说作家。当时，小松左京（《日本沉没》的作者）还在大阪的电台打工；筒井康隆则一边在大阪的某个设计院工作，一边和自家人出版科幻同人志《NULL》自娱自乐；光濑龙、广濑正、眉村卓等，此时更是默默无闻；而唯一一本坚持到今天的日本科幻杂志《S-F Magazine》，当时还在每月发行两三千册的死亡线上苦苦挣扎。因此，当1966年苏联载人飞船上天时，媒体发现在日本的科幻作家中，确实只有星新一一个人可以接受采访。

另外，从日本科幻文学的角度看，有星新一作为其代言人，可以说是一大幸事。因为在当时的日本，科幻小说普遍被视为难登大雅之堂的读物，却有一个大企业的前掌门人愿意专职撰写这类小说，这对整个日本社会的触动绝非等闲。小松左京就曾说，有星新一真是太好了。而当年TBS采访星新一时，其毕恭毕敬的姿态也让与会者颇为感慨。1960年星新一以多部短篇作品入围直木奖最终候选，这未必没有其身份的影响。

说到星新一在日本科幻小说界的地位，还有两件事不得不说。

一是在日本有所谓"科幻御三家"的说法，"科幻御三家"是指星新一、小松左京和筒井康隆。这三个人私交极好。家住大阪的小松左京和家住东京的星新一曾一度每天煲电话粥，为省长途话费，两个人选在半夜时分通话，并美其名曰"深夜爱的便当"；筒井康隆则多次公开表示自己的很多写作灵感出自和星新一的闲谈，他也是在星新一葬礼上致悼词的人。不过无论私交如何，在公开场合，只要星新一出现，小松左京和筒井康隆必然会起身相迎；星新一不坐，两个人也不坐。小松左京更是直接将星新一呼作"科幻界的天皇"。

二是"覆面座谈会"风波。时任《S-F Magazine》主编的福岛正实，在杂志上做了一期匿名座谈会，批判了当时日本科幻文坛的诸多作者，引发众多科幻作者的强烈反弹。福岛正实向来以"日本专业科幻奠基人"自居，就算是小松左京和筒井康隆在《S-F Magazine》上发表的小说，也照样一声招呼不打便任意删改。福岛正实唯独不敢像这样对待的作家只有两个：安部公房和星新一。所以，福岛正实尽管在"覆面座谈会"对其他科幻作家都给予了严厉的抨击，但对星新一却没有涉及半分。

当时，日本文坛对科幻小说完全不屑一顾。这不仅仅是某些知名作家的态度，更是众多文学刊物和出版社的态度。星新一有一次陪同筒井康隆拜访讲谈社《小说现代》编辑部，旁边纯文学杂志《新潮》的编辑专程走过来忠告筒井康隆说："筒井先生，别写科幻了，写文学吧。"1970年10月号的《三田文学》，编辑部与星新一就当时的公害问题展开座谈，编辑劈头便问："公害能成为文学吗？文学为什么要关心那样的东西？写那种东西，不能算是文学吧。"

这种对科幻的偏见，到20世纪70年代总算有所缓解，但这时的星新一身上又被打上了"儿童作家"的标签。尽管他的短篇小说集屡登畅销榜单之首，他在大学生最喜爱的作家调查中也多年占据第一位，但在传统科幻圈中，星新一却并不因其作品而受到重视。另外，与安部公房在国际上获得较高声誉的情况相反，星新一的作品虽然也有许多被译为多种文字甚至入选各国教材，但始终未能获得国际文坛的认可。

这里就涉及如何对星新一的作品进行评价的问题。星新一一生写了1001篇小小说，是当之无愧的"小小说之王"，但他获得过的文学奖，只有1968年的日本推理作家协会奖而已。虽然也有人认为将他的小小说中某些精彩篇目单独集结成册，便足以冲击任何一项奖项，但星新一终其一生也没有这么做。与之相对的是，星新一的小小说在广大读者中拥有长盛不衰的生命力。单新潮社文库中的《布克小姐》一书便有超过200万部的销量，整个文库合计销售超过3000万部，而且时至今日依然在不断重印。对于这一现象，传记作家最相叶月评价过，星新一贯彻了其父为其所取的名字"亲一"那种"亲切第一"的意思，舍弃了曲高和寡的文学性，将自己的一生都献给了广大的普通读者。

星新一在创作中给自己设立了几个禁区。第一，不描写性行为与杀人场面；第二，不写时事风俗之类的题材；第三，不使用前卫的手法。据星新一的说法，不描写性行为和杀人行为并非出于道德原因，而是因为"写不好"；不写时事也不是因为只想写不会过时的小说，而只是觉得"将来的人看不懂就不好了"。

在星新一的作品中，确实看不到对色情、凶杀等场面的描写，而最明显的特征则是几乎没有任何具体的人名、地名之类的固有名词（不过在《任性指数》一书中，星新一借用了许多朋友的姓名，算是非常罕见的例外），甚至连"100万元"这类钱款的具体数目，都会用"巨款"或者"只够吃两回豪华大餐的钱"来代替，尽力避免地域、时代、环境等方面的影响。对于早期作品中出现的一些名词，也会随着时代的变迁采用最新的名词去替代，比如将早期的"电子脑"改成"计算机"、"拨电话"改为"打电话"，等等。

对于"科幻"，星新一有自己的看法。20世纪50年代，《S-F Magazine》的主编福岛正实与文学评论家荒正人之间发生了一场论争。荒正人认为，科幻小说应当与科学成果或者科学的未来可能性直接联系；福岛正实则认为，科幻小说不必考虑与科学的关系是否密切，哪怕是像《西游记》那样的幻想文学，也可以视为科幻小说的源泉。两者之间的论争最后在石川乔司的调解下以相互理解而告终。当时已经作为科幻作家而成名的星新一对此仅是静观，并未发表意见。不过其后又有佐藤洋评论星新一的作品并认为，如同江户川乱步的出现让人们误以为推理小说就是那种妖异黑暗的风格一样，星新一的出现恐怕也扭曲了一般人对科幻小说的认识，以为科幻小说就该是这种与科学无甚关联的风格。对此星新一的回应是："佐藤先生是希望我写硬科幻吧？可是，我认为写一些变格科幻也未尝不可。"按照最相叶月的注解，星新一的这个回答中，恐怕也隐含了"我写的科幻才是正统，即使被认为是异端也无所谓"的自负。

星新一在1983年完成了创作1001篇小说的计划，之后由于健康原因，执笔活动急剧减少。1993年星新一因口腔癌入院做手术，最终于1997年去世，享年71岁。

目　录

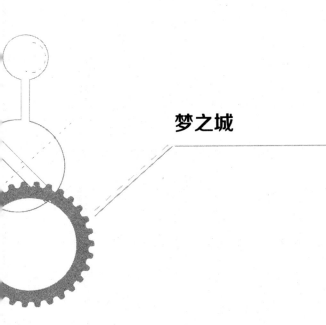

梦之城

黎明来临，房间的角落里有张床，床上躺着一个男人。不一会儿，他枕边的一朵合金的百合花抬起头来。随着一阵沙沙声，一股清凉的空气从花心吹了出来，吹拂到他脸上。

他抽了抽鼻子，使劲吸了下空气，然后睁开眼睛，惬意地伸个懒腰。

"啊，啊——天亮了，又把我的美梦给搅黄了……"

他喃喃自语着，打着哈欠，然后伸手碰了下合金百合的叶子。百合花吹出的空气随即减弱并停下来。这种装置有种特定功能：早晨，到了一定时间，就会自动喷出含兴奋剂的气雾，把人叫醒。

确定他起床后，墙上的另一电子装置则朝他送出电波。他戴在右耳上的耳机接到信号后，电子装置立刻变成低语："今天是您庆功会的日子，不要忘记哟。"

"嗯，没忘，当然没忘。这一天我期待已久，怎么会忘呢。虽然刚才的梦也很甜美，不过就算被搅黄了也不遗憾。毕竟今天的庆功会不是梦，它比梦甜蜜多了。我熬了大半辈子才迎来这座城市为我举办庆功会，我要接受市民们的感谢。人的一生中恐怕再也没有这么美好的日子了。"

他满面笑容，一个人喋喋不休。倘若看到这名年过五十、体格健壮男子的这副模样，恐怕任何人都会觉得很滑稽。不过，因为他既没老婆也没孩子，根本就没人提醒他，所以他才会随心所欲地做出这些举动。

不久，窗帘自动打开，外面的阳光照了进来。他从床上坐起，眺望着远处的景色。外面的高楼大厦井然有序。虽然已经司空见惯，但今天却有种很特别的感觉。

"三千万人口的城市，一切都那么井然有序。"他自言自语。

他是这座城市的市长。二十年前，当这里还是座小城时，他就当选了市长。带着一个热血青年满腔的热忱，他制订了一个宏伟的都市计划。

从树立目标到今天，他一直都是单身。他把自己的人生全都奉献给了理想。在他的努力下，这座城市不断发展，如今已经成长为一座有三千万人口的屈指可数的大城市。不光是人口，城市功能也是一枝独秀，成了其他城市竞相学习的典范。而今天的庆功会，就是专门感谢他这么多年的辛勤付出。

他下了床，走向浴室。床随之自动折叠起来，消失在墙壁里。

他脱掉睡衣，走进淋浴室，空气顿时打着旋流动起来，包裹着他的全身。这种空气里含有某种特殊的气体，能够将皮肤上的污垢变成微粉给洗掉。

他眯着眼，让空气清洗着身体。这时，耳朵里的耳机型信号接收器再次低语起来："有电话，要不要接一下？"

"好的，接进来。"

他点点头，启动脖子上的一个银环。银环具有接收嗓门声音并传达给对方的功能。

"喂，哪一位？啊，是你啊！有些日子不见了，你还好吗？"

他的声音充满了怀念之情。对方是他上大学时的一个朋友。

"我现在刚到机场。我来参加一个学会，听说今天是你的庆功会……"

"对，不过距离庆功会开始还有些时间。如果方便的话，就来我家坐坐吧。"

"谢谢，那我就真去啦？"

"行了，快点过来。从机场到这边，乘地下管道交通只需五分钟，我等你。"

"那好，我马上过去。其实，我还真有点事想早点告诉你。咱们见面后再谈。"

说完，对方挂断了电话。空气淋浴又持续了一会儿才结束。他神清气爽地走出浴室，又使用全身按摩器按摩起全身来。这时，门铃响起，通知有客人来访。他披上长袍，用遥控器打开门。

"呀，好久不见。我得先祝贺你，市长大人，您竟然能把城市规划得这么好。"

朋友一面用调侃的口吻打招呼，一面走进来。

“啊，谢了，一起吃个早饭怎么样？”

市长把朋友领到餐桌前，把手放在桌边的一个小水龙头上问："要不要先来杯咖啡？"

“啊，来杯热的。”

市长对好刻度，扭动旋钮。咖啡立刻从龙头里流出来，倒满了杯子，还冒着热气。他把咖啡递给朋友，然后又扭了下旋钮，给自己倒了杯牛奶。

“一切都由管道配送。现在所有城市都这么做，其实他们都是跟我们学的。"市长喝着牛奶，得意地说着。

“你一定费了不少脑筋吧。”

“是啊，牛奶、咖啡、各种汤、果汁等，毕竟都要用管道来配送，着实不易。不过，辛苦没白费。我们终于扔掉了那些不必要的配送容器。装进容器，喝完后就扔掉，这种行为太浪费了。我们已经杜绝了这种浪费。想什么时候喝就什么时候喝，想喝多少就喝多少。”

市长喝完牛奶，按了下按钮。于是，刚烤好的柔软面包立刻出现在桌上。

“随手就能吃上现烤的面包，这也是你努力的成果吧？”

"是啊。把液态面包原料送到各家，再根据各自需要用自动面包机烘烤，眨眼工夫就烤好了。这看似不起眼，可当初制订这一计划的时候，也曾遭到大家的嘲笑呢。如今，就连当初嘲笑我的那些人，也都吃上了这样配送的面包。不光面包，所有东西都是这样。"

市长扭了下另一个龙头，把一些果冻状的食物盛到盘子里递给客人，问："对了，你现在还在搞儿童研究？"

"对，还在搞儿童医学。不过，现在的孩子健康状况比以前好多了，简直都好得有点过头了。"

朋友正要说点什么，市长笑着摆摆手："这样不是很好吗？这正是我们努力的结果啊！"

"可是，食欲太好，消化太好，我总有点担心。"

"你就别瞎担心了。你担心什么？食品合成工厂多大的量都能生产出来，而且营养丰富，卫生安全，全都用管道配送。你根本用不着担心食物。"

"可是，这些都需要配送啊。"

"你根本不用担心配送的问题，量再多也没问题。我们会好好跟他们说明的，你过来一下。"

用完早餐，市长就把朋友领到书房。书房墙上挂着一张该城市的截面图。

"这就是截面图吧？"

朋友望着截面图面露疑虑。可市长并未察觉，仍指着图得意地说："一切都设计得那么理想。能充分利用空间资源，能灵活处理各种状况。这根贯通地下的食物管道以这种口径把食物输送到各个街区后，再在这里通过细管道配送到各家。如果用人体打比方的话，那就是毛细血管了。对了，这不正是你的研究领域吗？"

"可食物消费量大幅度增加后，你怎么应对？"

"虽然这根主管道的口径是固定的，不过，管道内流动的液体压力是可以提高的。只需提高压力，就可以解决增加的消费量了。"

朋友指着旁边的一根管道问："这根管子是什么？"

"这是运废品的管子。还有，这是输送新品的管子，这样的粗度已经够用了。要不我给你演示一下？对了，正好这把椅子不好用了，得换个新的……"

市长心血来潮，顺手拿起一旁的椅子，扔进墙上的洞内。随着一阵咯吱咯吱的声音，塑料椅子变成粉末，从管道中流走。

　　"废品全都可以变成粉末流走。所以，这种粗度就可以了。输送新品的管道粗细，也是经过充分研究后决定的。"

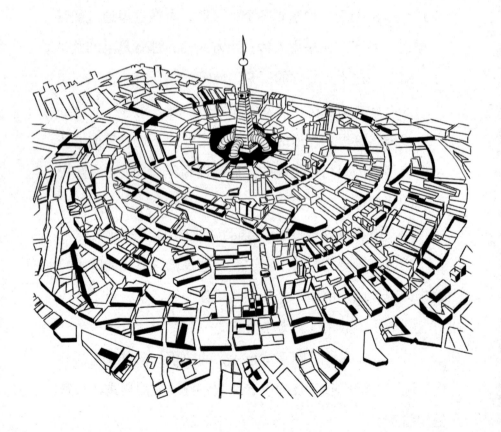

　　说着，市长把卡式目录单往订货器上一贴，订货器立刻把订单信号传输给工厂，产品配送孔便接连不断地吐出组装椅子的零部件来。订货器用机械手接住这些零部件后，瞬间就把椅子组装了起来。

　　"配送零部件，在各家各户另外组装。这个计划在开始时也有异议，效率低嘛。可当我们坚决把它实现后，所有人都发现，它的好处完全弥补了它的缺点，即大大缩小了输送空间。空间得到最有效的利用，这才为铺设输送含兴奋剂的空气和淋浴用的空气的管道留下了空间。"

　　尽管在听的过程中频频点头，可朋友还是反问道："那么，需要运送大件物品时怎么办？"

　　"一切物品都可以分解成零部件，就没有分解不了的。今后所有的新产品，订货器都会给组装起来的，不用担心。"

　　朋友进一步靠近截面图，用手指敲了敲贯穿各种管道中央的两根管子的上面。

　　"这两根是交通管道吧？"

　　"没错。你就是乘坐它来的，你的城市也在利用这种设施。一来一回两根管子。利用这种交通管道，坐在管子底部传送带的椅子上，就可以去任何地方。我计划，不久就给所有的椅子装上电视。其他城市早晚都会竞相模仿的，完成这一计划后就完美无缺了。"

"人就越来越清闲了。"

"没错，清闲。机器有条不紊地运行，人类从此过上悠闲自在的生活，这才是理想的生活。这座城市第一次把这理想变成了现实。"

"你真是太棒了，干得不错！"

"很棒！没错，连我自己都觉得很有成就感。如果让我再来一次的话，我肯定不行。可幸运的是我成功了，马上就是庆功会了。你也为我高兴吧？"

可是，朋友却神情忧郁，支支吾吾地说："我也想为你高兴，可是……"

"怎么，有问题吗？有就快说。任何事态我应该都能够应付的。"

"其实，我最近在研究中有个新的发现。"

"孩子们出问题了吗？"

"健康状态太好了。"

"这话你刚才已经说过了。我不是告诉你了嘛，根本就不用担心。"

“不，就因为健康状态太好了，所以发育太好了。”

“这是好事啊。”

“可是，你想过他们能长多大吗？据估计，成年后他们的身体起码会比我们大一倍。”

市长沉默了一会儿，接着也意识到事态的严重性了。

“是……是吗？你一副心事重重的样子，原来是为这事啊？那就是说，必须得加粗交通管道？”

市长往截面图前凑了凑，痛苦地咕哝着：“不行。空间全都高效利用了，已经没法再加粗了。一旦加粗就会影响到物品输送、食物配送等所有管道，这可是项大工程。可为了三千万人的生活，我们必须调整。看来，我必须得再制订一个五年计划。”

朋友听到他的喃喃自语后，越发痛苦地说：“可是，不只是交通，更严重的还在后面。”

“什么问题？”

“楼房的规划，还有房间，必须增加房间的高度和面积。”

“啊，怎么办？一切都要重来？你是说，得推倒这个城市所有的一切，重建个新的？”

市长望着窗外连绵不断的楼房。看到他悲痛的表情，朋友却无法安慰。

这时，市长耳朵里的耳机却无情地低语起来：

"庆功会马上开始了，请您准备赴会。"

合理主义者

F博士是一名金属般的学者。他虽说是博士，但年纪轻轻，简直都可以喊他小伙子了。当然，这也足以显示他作为一名学者是多么优秀。

F博士是一名彻头彻尾的合理主义者，甚至可以用"金属"来形容。不过，这里的合理主义可不是指生活方面的细节，比如花钱要精打细算，一看到饭菜就去计算卡路里之类。这里的合理主义指的是思维方式，万事都追求合理性。这也就是说，他的大脑根本就容不下一丁点的不合理。

一天晚上，月光皎洁，F博士独自伫立在波浪翻滚的海边。

见此情形，那些喜欢瞎猜的人一定在想：呵呵，那小子其实骨子里也是个浪漫主义者嘛，他一定是在为自己得不到女人的青睐而悲伤吧。

而那些贪财的人则肯定会拿博士的专业去瞎琢磨：嗯，那小子一定是在偷偷摸摸地寻找沙金呢。

不过，以上两种猜测都不对。博士既没有春心萌动，也没有想一夜暴富的赌徒心理。当然，从地质学的角度来说，他也知道这里是不可能有沙金的。博士是为了研究沙中所含的微量元素，来这里采集样本。

博士郑重其事地捧起沙子，收集到试管里。忽然，一个奇怪的东西吸引了他的目光。

那是一个罐子，不知是被海浪打上沙滩的，还是被波浪从沙滩里冲刷出来的。总之，那是一个他从未见过的带着异国情调的罐子。

不过，F博士对古董毫无兴趣，所以用脚尖把它轻轻地踢到一边。

罐子"骨碌"地滚了一下，塞子掉了下来，里面竟跳出来一个奇装异服的男子，冲着仍埋头前行的博士喊起来："喂，谢谢您！"

博士不禁回过头，用他一贯的金属般的声音问道：

"你是谁啊？打扮得这么奇怪站在这里，还跟我说谢谢，真是莫名其妙。"

"我是一个长期被装在那罐子里的人。"男子指指罐子说道。

博士打量了一下罐子跟男人，皱起眉，严肃地说："开什么玩笑，请给我一个更合理的说明。"

"信不信由您。反正我就是古阿拉伯的恶神，我真的是被装在那罐子里的。"

博士的表情越发难看。

"恶神？胡扯！你骗小孩呢。不，这种话对小孩也不能说，否则会妨碍孩子成长的。"

"您不信，我也没办法。不过，既然是您把我从罐子里解放出来，那我就必须向您表示感谢。我可以帮您实现三个愿望，什么愿望都可以。"

"什么愿望都可以？你这话说得也太离谱了吧。这个世界上只有两种事，可能与不可能。你绝不能无视这一事实的存在。"

"那这样吧。您不信也没关系，就权当是上了个当，反正说句话也不会吃亏，对吧？要不，我先送您个金块？"

"什么，金块？这一带是不可能有沙金的。你在胡说些什么啊。"

"不信您瞧。对了，到底多重的才好呢？是纯金块呢，还是雕刻用的七分五的金块呢？"

"你别拿人寻开心好不好？信口雌黄。你既然那么想给我金子，干脆给我一辆金车好了。怎么样，傻眼了吧？"

博士话音未落，只见那名男子把手一挥，四周顿时声音大作，一辆金车果然出现在眼前。

"请收下。"

"哟，还真是神奇。你究竟从哪儿弄来的？"

博士走上前去，从兜里取出仪器，仔细分析起来。

"怎么样，是真的吧？"

"不错，的确是金的。密度19.3g/cm^3，熔点1063℃，原子序数79，货真价实的金子。不过，这里怎么会出现这种东西呢？"

"因为我是个恶神，这下您知道我的本事了吧。"

"不明白，这不合理。你肯定耍了某种花招。现在你让它立刻消失，我一定要揭穿你的障眼法。"

F博士瞪大眼睛，死死盯着。那辆在月光下闪闪发光的车，在他眼皮底下竟真的瞬间消失了。

"看到没有？"

"嗯，消失了，的确是消失了。不可能发生的现象竟然发生了，难以置信。"

恶神对喃喃自语的博士说道："只剩下最后一个愿望了。这次您希望我为您做点什么？毕竟是最后一个了，所以请您慎重考虑。无论多么难，我都能帮您实现。"

博士摇头晃脑地沉思了半天，终于说出最后的愿望：

"这实在是太不合理了。我绝不能容忍这种现象存在，我也不想拥有一段这样的经历。所以，请你把这次的记忆给我抹掉，然后重新返回罐子，从我眼前消失。"

恶神一脸悲伤，可他还是瞬间消失得无影无踪。

F博士就像什么事都没发生似的离去了。事实上，他的大脑里也真的没有留下丝毫不合理的记忆。

古老的罐子被重新塞上塞子并滚到了海边，在海浪的冲刷下不满地颤抖着，后来，不知不觉间便被冲回了大海。

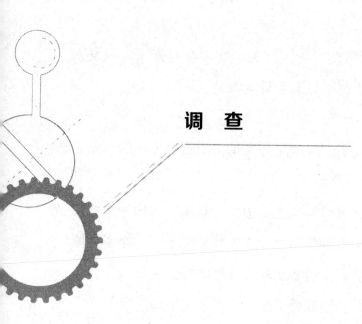

调　查

也不知是从哪儿飞来的，那个物体突然就来到了地上。
当时正是晚上。虽说是晚上，可时间尚早。孩子们
一面吮吸着变色的糖球，一面痴迷地盯着电视，还不时像
电视广告上演的那样把糖球放到手心里，确认糖球的颜色
变化。喜欢读书的年轻人则躺在长椅上，不停地翻看着推
理小说。还有一名家庭主妇，正在用剪刀剪着刚刚收到的
包裹上的绳带。她的丈夫仍未回家，估计此刻正在某处的
舞厅里娱乐呢。

当然，虽说不是所有人的夜晚都是这种样子，但大多
数夜晚都是寻常而平静的，而意外也往往会发生在这种平

静的时候。

"啊，那是什么？"

屋外忽然响起一声尖叫，所有人立刻放下手上的事情，朝屋外望去。

"到底怎么回事？"

"那儿，快看那儿。"有人指着繁星点点的夜空说。

大家放眼望去，只见有个东西正拖着长长的红色尾巴穿过夜空。

"是不是飞机坠毁了？"

"不像啊，或许是某种流星吧。"

虽然目击到这一幕的人并不算多，不过当这道红色火焰消失在城边山丘的后面，发出一阵地动山摇的轰鸣时，几乎所有人都听到了。

"掉下来了，快去看看。"

人们成群结队地冲向山丘。可警察们的反应更迅速，还没等大家赶到就已经在附近拉起了警戒线。

"大家不许靠近，那东西来路不明，很可能会有危险。大家不要再往前走了。"

被警察拦住的人们只能在山丘上一面窃窃私语，一面往下看。

"到底是什么呢？好奇怪的东西。估计是一艘小型宇宙飞船吧。"

"有可能。不过，怎么会飞到这种地方来呢？"

"外形好精致啊。"

那个物体被警车上的照明灯光照得银光闪闪的，在黑黢黢的原野上格外醒目。难怪有人觉得它像宇宙飞船，也有人赞叹它外形精致。因为那东西的确精致，细长形状，长约20米，直径约5米。它的前端钻进了土里，倒立在那儿。

可无论大家怎么发挥想象，也无助于查明真相。第二天一早真正的调查才开始。

"教授，在这边。"

当这个不明物体映照着晨辉时，几辆轿车陆续赶到。只见一位严肃的学者从一辆车子上下来，煞有介事地端详起不明物体来。

"嗯，的确是个陌生的东西，大概是广义上的某种导弹吧。"

"教授，您是这个领域的专家，在您看来这是哪国的

呢？"

"奇怪之处就在这里。我刚才也进行了全方位的调查，可这种形状前所未见。并且，或许你们并不了解，依照我们目前的研究水平，完全造不出像它这样的推进装置。"

"难不成是秘密制造的？"

"这也不大可能。如果是秘密制造的东西，人家也不会愚蠢到让它掉到这种地方来。况且，我们还有严密的雷达网，很容易发现发射点。所以依我看，这怎么看都不像是地球上的东西。"

"那就是说，它是从其他星球上发射过来的。"

"不能贸然下结论。身为学者，我们必须得慎重。"

"学者慎重是好事，可说话也得符合逻辑啊。既然不是地球上的东西，那肯定就是其他星球的东西了。或者您的意思是，这是在宇宙中自然形成的，然后被地球引力给拽下来了？"

"你能不能先闭会儿嘴？外行人总爱认死理。我现在就调查，能不能别打扰我？"

学者跟同事和助手商量了一下，立刻着手工作起来。他们先从远处拍了照，测量了大小。可是这样的调查距离查明真相还有十万八千里。

"那就用电波来探测一下。"

大家运来一台带天线的复杂装置，用电波照射起不明物体来。

"教授，果然是金属的，能反射电波。"

"我就说嘛。光是从它的银色外观就能确定其金属的属性了。这么说来，雷达网没有发出预警，大概是因为它是穿越大气层后直接从上面下来的，所以雷达捕捉不到。"

"那就是说，它是从宇宙某处飞来的东西。"

该物体是金属的，是从宇宙中飞来的——可就算是搞清楚这些，还是不知道该如何处理。

这时，一直鼓捣探测装置的助手报告说："物体内部在发射一种奇怪的电波，您看。"

电波似乎是从物体的尾部发出来的，测量仪的指针摇晃着，似乎在传递某种信息。

"嗯，的确有电波在断断续续地发出来，里面肯定有东西。"

"教授，很可能不是'东西'，而是人。物体里面很可能有人。"

"有可能，可我们根本就弄不懂电波的意思啊。"

"是啊。毕竟是外星人驾驶来的，一定是某星球上的人，在宇宙旅行中发生了事故，紧急着陆。这肯定是求救电波。这样的话，我们决不能袖手旁观，得赶紧把他救出来，尽量帮他，以展示我们地球人的热情。"年轻的助手振奋地说着。

学者点着头，围着物体转了一圈，然后纳闷地喃喃自语起来："可是，我们就算想救他出来，也根本不知道出入口在哪儿啊。该从哪个地方打开呢？如果里面真有人的话，他又是从哪儿进去的呢？"

接着，教授就围绕物体不断地打起转来。助手们也跟着他打转。正当大家一筹莫展的时候，物体突然发生了变化。

"啊，外壳脱落了。"

虽然这种表述有点夸张，可现场的确给人一种这样的感觉。包裹在物体外侧的银色金属状的东西像花瓣绽开一样，哗啦一下全部脱落下来。

远处围观的群众不禁发出了欢呼。

"终于脱皮了。"

"不，给我的感觉是，一颗熟透的栗子掉到了地上，然后栗子从刺球里掉了出来。说不定，那是一颗从宇宙中飘来的果实呢。"

"听说，学者们还认为里面有人呢。要是真有个宇宙人从里面跳出来，那才叫神话呢。"

不一会儿，仿佛是为验证人们的这一揣测似的，宇宙果实一说真的出现了。人们不再嘀嘀咕咕怀疑，宇宙果实的消息向四周不断传播开来。

"教授，好香的味道啊，我的肚子都咕咕叫了。这到底是什么现象？"

助手也不由得被吸引过去，伸手就要碰金属外壳下面的粉红色果冻状物质。学者见状慌忙阻止了他。

"别动，不能随便碰。气味的确是挺好闻的，可谁知道是什么物质。你先拿根长棍轻轻地戳戳看。"

助手走开去找长棍。与此同时，香味飘散到围观的人群中。

"好香的气味啊，虽然搞不清是动物性的还是植物性的，可的确刺激人的食欲。"

"弄得我口水都流出来了，真想咬一口尝尝啊。"

这气味不仅刺激了人类，人群中甚至还冲出一条狗，径直朝物体扑去。趁学者和警察手忙脚乱之际，那条狗已经咬住了粉红色果冻状物质。警察慌忙拽开狗，把它弄进车子里。

"还是让狗给吃了。既然狗能吃，我们人类肯定也能吃。那东西越来越像是宇宙果实了。"

"可是，如果是果实的话，人工制造的痕迹也太明显了吧。我觉得，一定是某个外星球送给地球的礼物。毕竟，食物最适合做初次见面的礼物了。至于那些实用性的和个人爱好的礼物，一般都是随着交往深入，对对方的生活了解之后才赠送的。而食物嘛，跟文明的发达程度无关，任何人都会喜欢。"

就这样，人群当中就又产生了一种"礼物说"。不过，林子大了什么鸟都有，紧接着，有人提出了更奇葩的想法："你们也太天真了。人人喜欢的东西未必都是礼物啊。对鱼来说，钓鱼钩上的鱼饵是礼物吗？所以，那物体里面一定装着某个像钓鱼钩一样的东西。大家要是傻乎乎地都去咬，里面肯定会立刻冒出一种黏液来，把大家给黏住，逃也逃不掉。然后物体就黏着那个惊慌失措的人飞起来。这完全就是在钓人啊！缺心眼的人不是经常会遇到这种情况吗？人类世界是这样的，宇宙世界肯定也是这样的。"

物体一旁的学者们当然也很慎重。由于助手已拿来长棍，大家就远距离地回收起果冻状物质来。物质很柔软，回收作业进展得十分顺利，物质被一点点装入容器。助手问："这种物质是干吗用的呢？"

"谁知道，先分析一下再说呗。"

可过了不久，物体又发生了变化。

"教授，下面好像有个硬东西。怎么办？"

"让作业人员加强注意，只需轻轻剥落果冻状物质即可。"

于是，随着进展的深入，一个褐色的硬东西从下面露出来了。人们再次发出了欢呼："嘿，我原以为连核都给吃掉了呢，没想到只吃了外边一点点啊。花样还挺多的。没想到还会有这样的礼物。"

"不，你想得也太简单了，里面一定装着某种饮料。虽不知是酒还是咖啡，但肯定是好喝的饮料。你瞧，学者们都开始准备刀具了，马上就能水落石出了。无论是刚才的果冻，还是即将出炉的饮料，都会被严加分析和研究的。地球人的饮食生活一定会迈上一个大台阶。"

"啊，万一被刀子捅个洞可就糟了！那可是水果的种子啊。只要不去管它，早晚它都会长大，然后结出许多果实来。人类总是耐不住性子。就因为这急性子，我们遭受过多少失败啊。我们不知修了多少辈子的福才得到这么一颗宇宙的果实呢。"

一方面，围观的人们纷纷表达着自己的揣测。另一方面，距离物体较近的相关人员则进行着更为严肃的意见交换。

"教授，果冻状物质的下面，为什么会有硬东西呢？"

"嗯，应该是某种塑料。照我的猜测，刚才的果冻状东西只是外壁与内壁间的填充剂，作用就是保护内部不受宇宙空间温度变化的影响。真是个令人叫绝的创意！假如里面真有驾驶人员的话，一旦发生紧急迫降，这些物质就可以直接转变为食物。这创意真是绝了！"

这时，电波监控人员又发来了报告："持续发射的电波似乎发生了变化，虽然意思不明，但很可能是呼吁我们加快工作进度。"

"好，反正我们早晚也要加快调查进度的。那东西倒也不是特别硬，不行就用个带柄的刀子刮刮试试。"

于是，人们又把一个带绝缘柄的刀子伸过去，刮着物体的表面。

"啊，能刮下来。这到底是什么玩意儿呢？"

"鬼知道，再使劲儿刮。"

随着作业的不断推进，那层褐色的塑料状物质被剥落下来。

围观的人群也在密切关注着调查进展。

"真的是越来越有意思了。我看怎么像个鲣鱼干啊，难道是用来调味的？"

"怎么可能呢。不过倒是挺好刮的，感觉就像是在刮树皮。"

物体的真面目依然不明，作业仍在继续。

"教授，这到底是什么啊？"

"待会儿会分析的，估计是种燃料。再使劲儿往下刮。"

"奇怪啊，刀刃锩了，下面还有更硬的东西。"

"是吗？那就先把能用刀子刮掉的部分刮掉再说。"

随着作业的不断进行，褐色越来越浓，刀刃也啃不动了。于是，大家就用带马达的钻机去钻，可那物质竟硬得出奇，连钻机都钻不动。

"电波又变了。也不知道是要我们赶紧救他出去，还是在告诉我们打开的方法。要是能读懂意思就好了……"

"没错，可是语言不通谁也无能为力。不过，里面若真是有人的话，那他到底是怎么进去的呢？肯定有窍门，或者是有用于出入的装置。可现在连钻机都钻不动啊。要不，就加热一下看看？当然，盲目加热也是危险的，先用酒精灯来试一下。"

于是，人们就把一个酒精灯放在长长的机械臂上，从远处放了过去。

围观的人群也都一个个猫着腰，提心吊胆地注视着进展。

"啧啧，那东西看着挺硬的，没想到还真怕热啊。眼看就熔化了。"

"里面到底是什么东西呢？我非看个究竟不行。"

能熔化的部分全都熔化了，可下面又出现了酒精灯无法熔化的部分。

"喂，加大热度试试。"

人们把酒精灯撤回来，换上温度更高的燃烧器。随着高热度的火焰徐徐从燃烧器里喷出来，物体又开始熔化了。

不过，这种熔化作业最终还是中断了。

"无论多高的温度都不行了，又进入死胡同了。"

可是调查不能停止。于是，学者们又商量起来，努力寻找突破口。人群也开始狂热起来。

"加油，不要停。一定还会有其他办法的。"

有的甚至还声援起学者们来。当然，无论有没有这种声援，学者们一直都没放弃努力。

"怎么办？要不再尝试一下冷冻？"

"说不定这是一个被我们忽略的漏洞呢。试试吧。"

于是，人们又用卡车运来冷冻装置，对准不明物体的一部分。对准的部分被迅速冷却，降到了极度低温。

人们依稀听到咔嚓咔嚓的声音。

"教授，冷冻部分似乎出现裂纹了。"

人们趁热打铁，把冷冻作业施加到物体的整个表面。冷冻完后，裂纹层不断剥落。

"还挺顺利的。不过，下面还有东西。"

如此一来，大家说什么也不能罢休了。人群也越发狂热起来。

"不要停。科学就是在这种时候派上用场的，你们要把最新的技术全都用上。"

的确，放弃未解之谜就等于是承认文明的失败。即使群众不这么说，学者们也不会放弃的，于是他们又搬来了放射线装置。

"来，接下来用放射线。只要用放射线一照，大部分物质都会撑不住的。赶紧开始。"

"可如此一来，里面的人不知能不能承受呢。"

"现在也顾不上这么多了。并且，就算里面真的有人，也应该没问题的。毕竟此前的高热低温都没事。同起初相比，电波虽然有一点变化，不过仍在持续发射。"

那电波依然在断断续续、别有意味地发射着……

在一颗巨大且拥有一颗银白色太阳的行星上，有一座形状复杂的巨型天线持续地接收着信号。

"怎么样，我们四处发射的无人小型宇宙飞船有没有发回报告？"

"其中一台正在发射信号。不过，我们也真是太有才了，居然能想出用宇宙飞船检测文明的点子。"

"怎么样，对方的文明程度如何？"

"现在正不断发回数据呢。肯定有动物，似乎吃掉了果冻状物质。并且，还是一种会使用刀具的文明，超越了用火的阶段，还发明了高温作业和低温作业的技术。"

"这么说，还不清楚有没有制造放射线的技术？"

"那得看接下来收到的信号了。"

"不过，居然会有一颗文明这么发达的星球。这样的星球，一旦让它进军宇宙横行霸道起来，早晚会闯进我们星球来的。进攻是最好的防御，我们得赶紧想对策。"

"别急，我们再等等看。看看他们能不能用放射线破坏掉最里层并防住释放出来的剧毒瓦斯，等弄明白这一点后再采取措施也不迟。马上就会水落石出的，等着瞧……"

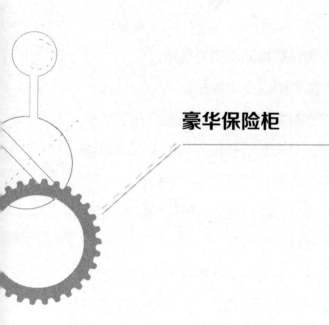

豪华保险柜

我投入几乎所有的财产，制作了一个无比豪华的大保险柜。或许有人会说我是个傻子。有人会买辆汽车，把成倍的时间耗费在上班路上，并为此自鸣得意；也有人吊儿郎当却戴着镶钻的高级手表。人嘛，一旦为了嗜好就会盲目花钱，而且从来都不会后悔。在这一点上，我也一样。

我早就把房子卖掉了，现在只能住在一家公寓里。不过，世界上是不会有人专门偷窃保险柜的，所以即使是出门我也毫不担心。

只要有空，我就拼命打磨这个保险柜。虽然它的质地是钢铁的，可外壁却是贴银的。我总是仔细打量它、端详它，只要发现一丝暗影就会用软布去擦亮——轻轻地、小心翼翼地，犹如许多人触摸娇艳的花朵一样。保险柜表面总是熠熠生辉，能照出我的影子来，这让我暗自得意。

惬意的擦拭工作结束后，到了晚上，我在床上会面朝保险柜躺下，心满意足地入睡。这真是太有趣了！

"喂，起来。"

一天晚上，我突然被人晃醒，睁眼一看，只见旁边竟站着个蒙面人，正拿刀子逼着我。

"不要碰我的保险柜。"我不由得叫起来。

任何人都不愿让人碰自己的心爱之物。可我回过神来，才发现自己已经被五花大绑。我已经无能为力了。

"不要出声。我早就盯上你了，告诉我保险柜的开法。"

"可是，里面……"

"闭嘴……"

蒙面男人塞住我的嘴巴。

"喂，把密码写到纸上。"

无奈，我只好在被绑的状态下用手指艰难地写出了密码，蒙面男人粗暴地转着密码盘。我不忍直视，只好移开视线。

伴随着八音盒《金与银》的音乐，保险柜的门徐徐打开，里面的灯光也亮了起来。耀眼的金光顿时溢到外面，因为保险柜的内部是镀金的。像我这样兴趣独特的人，钱都花在了这种看不见的地方。

男子眯起眼睛，像被金光迷住似的不由得走了进去。随之保险柜的门静静地关上了。它的红外线机关也是我最引以为傲的。

"该死，里面什么都没有啊，给我打开。"

柜子里面传来微弱的声音。可我被绑了起来，想开也没法开。继而，里面又传来挣扎的动静。太好了。保险柜里安了自动装置，只要他挣扎，就会自动报警。听到警报后，立刻就会有人赶来的。

如此一来，我就能得到一大笔抓犯人的奖金。以后，保险柜里的镀金又可以加厚一些了。怎么样，实际利益也是很可观的，难道不是吗？

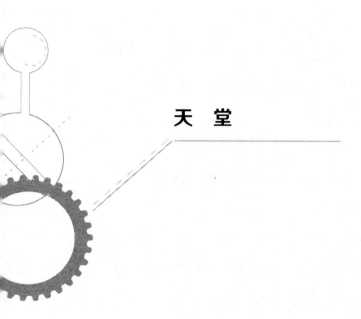

天 堂

"**啊**，我真想一死了之……"

我把两个胳膊肘支在酒吧的吧台上，喃喃自语。同时，我的脸映在了前面的一面大镜子里。正如镜子中的人一样，我完全就是个毫不起眼的中年男人。不，我已经开始步入老年了。

"您怎么又说起这种丧气话来了？"听了我的牢骚之后，酒吧的服务生说道。

这个店里只有我一名顾客，店里也只有这一名服务生。因此，他肯定听到了我刚才的自言自语。

"我已经失去了生活的勇气。每天上班都要挨上司骂，升职无望。家里还有个絮絮叨叨的臭婆娘，烦死了。最近儿子又跟些不三不四的人瞎混。我的人生已经没指望了，活着还有什么劲儿。”

“这样啊。这样的话是很无趣。”

“是啊，既然这种状况到死都无法改变，那我还不如趁早自我了结呢。”

“言之有理。如果您不嫌弃的话，那就让我来帮您一下吧。您先喝点威士忌，然后咱们再慢慢商量……”

服务生换了个酒杯，从酒架的一角拿下一个陌生的酒瓶，倒上一杯。

“请……”

他盯着我的脸。我沉吟了片刻，然后一口气把酒喝掉。

“酒里面是不是放了安乐死的药啊。好吧，反正我对这个尘世也没什么留恋了。”

“您猜对了，您已经迈出了去天堂的第一步。”

服务生微笑着说。可我等了半天，丝毫未觉得痛苦。我顿时火了，不由得怒吼起来：“喂，开玩笑也得有个度不是？这里边哪里放毒药了？居然拿别人的死来调侃，

可恶！"

结果服务生一脸严肃："啊，请少安毋躁。酒里面的确没放毒药。不过，我可以跟您保证，我肯定能把您带往天堂。"

"你到底在说什么啊？"

"好死不如赖活，能活着去天堂，天底下还能有比这更好的事吗？既能脱离这世间的纷纷扰扰，又能过上自由自在的后半生，而且还不需要花钱。"

"如果真有这样的好事，那当然好。可你觉得有可能吗？正因为不可能，我才不想活了。"

"当然可能。您不相信？好，那您就不要再这么连讽带刺的了。如果您真想去天堂，我现在就给您真毒药。"

"求你了。赶快把我带到天堂去吧。既然降生到了这世上，如果有可能的话，我倒真想体验一下你说的那种生活。"

"那是当然。那好，你明天就去卡片上的这个地方。而且千万不要告诉别人，否则很可能就去不成天堂了。"

说着，服务生递给我一张卡片。卡片上印着一些天使的符号、天使协会的字样，以及所在地。尽管半信半疑，可我还是将这些记在心里。

第二天，我便抱着试试看的想法造访了那里——反正就算没戏我也不吃亏。

"啊，欢迎光临。有一位做酒吧服务生的推销员把情况都告诉我们了，所以早就恭候您多时了。我是这儿的负责人，专门为您服务。"

事务所有数名员工，其中一名青年彬彬有礼地跟我打着招呼。尽管我的警惕性放松了点，可我还是忍不住说出了自己的担心："我总觉得，这事也太容易了吧？"

"您的怀疑很正常。不过，我们协会真的想为社会做贡献，想尽可能地去安慰那些人生不如意的人，而并不是您所担心的那种大忽悠。这一点请您放心。"

"那我什么时候能去天堂？"

"十天后出发，敬请期待。对了，今天我们得先为您拍照。"

"拍照倒是没问题。但你刚才说的都是真的吗？"

"请您放心，一切交给我们就是。具体操作事宜会在四天后跟您商量，到时候请您再过来一趟。"

当天，对方拍了我几张照片，就让我回去了。

四天后，我再次造访了那里。

"恭候您多时了。终于做好了，您看，效果还不错吧。"

听对方这么一说，我往房间里一看，发现房间的一角还有一个我，就像在照镜子一样。

"怎么回事？他是谁？"

"当然是您啊。就是按照前些天给您拍的照片制作的人偶啊，跟您一模一样。"

"是吗？那你们怎么使用那东西？"

"这样用。"说着，那名职员突然扭住我的手。

"啊，救命！"我不禁大叫一声。

他立刻就松了手，并点头致歉。

"冒犯了，刚才只是录了一下音。"

我越发莫名其妙起来。

"这到底是怎么回事？没想到去天堂还这么麻烦。既然这么麻烦，那我不去了。"

"不，准备工作就此结束。下面我就来为您说明一下。这个人偶，虽然外形跟您一模一样，不过功能嘛，却只会走几步路，喊几声刚才的录音而已。不过，这些已经足够了，因为不久后我们就会让它死掉。"

"为什么那人偶死掉后我就能去天堂？"

"您还不明白吗？对尘世来说，您已经死了。对了，在这之前我们会让您入寿险的。当然，保险金由我们来出。"

"原来如此。然后，再跟我平分保险赔偿金是吗？主意不错嘛。"

"不是这样的。保险赔偿金全由我方来领，因为死人是不会花钱的，而且万一露馅就糟了。不过，我们保证会让您过上天堂的生活，天堂是不需要花钱的。"

"有道理。既然都来了，就姑且信你们一次。"

"对了，关于具体的死法，我们会让您在大庭广众之下风风光光地死去，所以我们会选择那些诸如掉进瀑布、大海、火山口等不会留下遗体的方法。对此，您还有没有特别的要求……"

"啊，没有，一切都拜托了。"

"那我们就帮您选一个吧。"

数日后，当我正躲在一条被偷偷拴在码头的船上等待时，上述的那名职员又来了。

"一切进展顺利。托您的福，我们钱也赚到了。下面我们就送您去天堂，恭喜您顺利地死掉了。"

"我做梦都没想到，自己死了还能得到别人的祝福。对了，我很想知道，我是怎么死的？"

"是掉在水力发电站的大坝上死的。那样一来，尸体就会被卷进发电设备里，粉身碎骨。我们是远距离操作的，让您的脚跟趔趔趄趄地滑倒，一面大叫着'啊，救命'，一面在众目睽睽之下风风光光地死去。为避免人怀疑，我们还事先拍了照片。这样，一定能向媒体卖个好价钱。"

我看了看对方递过来的照片，那是一张正面照，栩栩如生地展示了我的临终状态。

"对了，我们这是去哪儿？"

到了晚上，船朝南进发，波涛声愉快地拍打着船舷。

"当然是去我们约好的天堂了。我们协会与外国的协会在南面的一个岛上共同建造了一处乐园——一处能够解脱一切、什么都能得到的乐园。"

"是吗？真不知该怎么感谢你们。"

"您乐意，我们也高兴。痛苦了大半生，您当然拥有这种权利。"

他说的没错。几天之后，我终于到了那个岛。清新的空气、潮水的气息扑面而来，不时还会飘来阵阵热带花香。岛上设施完备，住宅也很漂亮。

"啊，到了。恕我告辞了。"

"谢谢。真没想到能在这么好的地方度过我的余生。一切都像是在梦里一样。可不知为什么，那些在这里生活的人脸上似乎都不高兴呢……"

"大概是因为他们太快乐了吧。"

"是吗？"

不久后，我终于明白了其中的原因。为了解决问题，我决定造一条小船。管理员见状，用司空见惯地语调对我说："你在做什么呢？难道是有什么不满吗？"

"拜托您放过我吧。这里我想要的东西都有。我没有一丁点的不满。可不知为什么，我忽然特别怀念从前那骂人的上司、无聊的妻子，还有那没出息的儿子。请让我再回去一次吧，我什么都愿意付出。"

"笑话。人能从天堂返回吗？如果你非要去那个世界，那你就游过去呗。说不定你会在途中淹死，然后在某处投胎转世呢。"

"原来还有这么个好办法啊！好，那我一定试试。"

失重犯罪

"发射倒计时，三十、二十九、二十八……"

宽阔的空港里聚集着大批的人，远远地围着宇宙飞船。发射倒计时的读秒声在空港上空回荡。为了调查某一经过地球附近的小彗星，探险队员们乘上了宇宙飞船，整装待发。

……

"三、二、一，发射！"

耀眼的火焰突然从火箭尾部喷射出来，银色的巨龙腾空而起。

"眨眼间就变得那么小了。"

"希望他们能顺利完成任务，平安归来。"

在场的人们一面议论，一面轻轻地扬起脸来，目送飞船消失在高空的白云中。

"啊，终于看不见了。返航的时候再来看。"

不久，挤满空港的人们终于散去，其中却有一名男子站在那里，迟迟不肯离去。他仰望着天空，脸上浮现出一丝可怕的微笑。

"你这人好奇怪啊。有件事我要问问你，你能不能过来一下？"

一名警察有些怀疑，就对该男子喊道。结果，男子笑着回答说："哎，叫我吗？当然可以。不过任何人都绝对不能抓我。就算是飞船上的那些探险队员全被烧死也不能……"

"你说什么？"

警察将该男子带到了警察局。男子十分配合，看起来非常自信。

"我们抓到一个图谋不轨的家伙。"

整个警察局顿时紧张起来，刑警立刻对该男子进行了讯问："你到底干了些什么？如果可以的话，能否跟我们解释一下？"

男子悠然自得地坐在椅子上，说了起来："当然可以。我想乘上那宇宙飞船，也报名参选过，结果在第一关就被刷了下来。我觉得没意思，就干了那件事。"

"上飞船不能仅凭一腔热情，选人时要进行脑力和身体等种种考察。你自己落选了又能怪谁呢？你到底干了什么？"

"我知道飞船行李舱内有个文件箱，里面藏了件好东西。你们猜是什么？一个打火机！拉着打火机的坠子是一种弹簧装置，一旦失重，坠子就会自然脱离，然后打火机就会打火。"

"什……什么？"

"火会慢慢引燃旁边的文件。乘务员室的那帮家伙察觉时，行李舱早就变成一片火海了，救都没法救。所有人仓皇逃生。可能往哪儿逃呢？真不巧，外面是真空与极寒的宇宙空间。怎么样，我这主意不错吧？现在这个时候，估计那些家伙已经全被烧死了。活该！"

刑警脸色苍白，立刻打电话跟有关方面联系。然后，他摞下话筒怒吼道："你太荒唐了。既然你都这么干了，你肯定知道后果的严重性吧？"

可男子脸上依然挂着微笑：

"这一点我还是知道的。而且，我还知道，谁也不能抓我。"

"胡说。你这分明是犯罪，而且犯的是重罪。"

"是吗？可是，证明我有罪的证据到底在哪儿？那东西早就随烧毁的船体飞到无限的宇宙中去了。难道你们追到宇宙的尽头也要把证据拿到手？可就算你们最后拿到了，那也是几百年后的事了。所以，现在瞎嚷嚷也没用。"

面对无言以对的刑警，男子笑嘻嘻地继续调侃。

这时，桌子上的电话响了，刑警接起电话。

"什么？是吗？嫌犯还在我们的控制中。没问题，不会释放他的。"

刑警说完，朝男子笑着说："你自以为天衣无缝，可是你失算了。我们已经用无线电跟宇宙飞船取得了联系，已经拿到了你的罪证。"

"什么，我失败了？可是，那打火机不可能不打火啊。"

"你的确很了解失重状态，在失重状态下物体的确会失去重量。可你忽略的是，失重的不只是坠子，所有物体都会失重，连空气也不例外。而被加热的空气跟冷空气的重量在失重状态下是一样的，也就是说，两种空气无法发生对流。所以，即使你的打火机好不容易打着了火，可是在没有安装电风扇的行李舱里，一旦周围的氧气耗尽，火就会立刻熄灭。"

面对着垂头丧气的男子，刑警递过一根烟，咔嚓一下打着了打火机。

"喂，要不要抽根烟？咱们这里可有重力，空气可以对流。反正有源源不断的新鲜空气补给，火可以慢慢烧哟。"

宇宙狐狸

一名男子带着一只狐狸来到宇宙研究所。

"喂喂，怎么回事？你怎么能带那种东西进来？这里可不是动物园，不是闹着玩的。"

工作人员提醒男子，男子却解释说："啊，这狐狸啊，它可不是只普通的狐狸。我长年从事狐狸的研究。你们或许有所不知，狐狸共分两类，一类是会变的，另一类是不会变的。会变化的狐狸近年来明显减少了，所以我就捉了几只，经过多年的饲养，数量这才逐渐增加。"

"是吗？您的爱好倒是挺新奇的。那您到宇宙研究所来有什么事？"

"其实，我是想看看你们这边要不要买这种狐狸，就带了一只样本来。"

"可是，宇宙跟狐狸，这两者间到底有什么关联？您是不是要说明一下？"

"南极探险需要桦太犬，对吧？可如果进行宇宙探险，带着一只会做一件事的狗就太不方便了。光说不练假把式，你们看看实际情况就明白了。"

于是，一场实验就在半信半疑的研究所工作人员面前开始了。在男子的示意下，狐狸立刻变成了一只桦太犬，拉起雪橇来。接着，狐狸又变成了一匹马，驮着人跑了一圈。

"怎么样？光这一点就已经完胜桦太犬了，是不是？"

之后，狐狸又变成了一头猪。

"怎么样？食物缺乏的话，也可以直接把它吃掉。如果不喜欢吃猪肉，那还可以让它变成牛，变成鸡，随便变什么都可以。"

工作人员越发惊叹。最后，当狐狸变成一个绝世美女时，工作人员的惊叹达到了最高潮。

"嗯，太完美了！如果是这样的话，就不用在宇宙里忍受孤独了。"

"怎么样？在有限的船舱里，再也没有比这更有用的
了……"

所有人都深表同感。

可为谨慎起见，大家还是进行了认真的讨论。之后，
大家选出一名飞行员，让他先带上狐狸，驾驶飞船飞上了
太空。

一周过后，飞船返回空港。在众目睽睽之下，舱门开
启，飞行员走了出来。大家纷纷询问。

"怎么样，管用吗？"

"啊，还行吧。"

"味道怎么样？"

"凑合着吃吧。"

不久，就有人指着飞行员的屁股问："粘在他屁股上
的那个奇怪的东西是什么……"

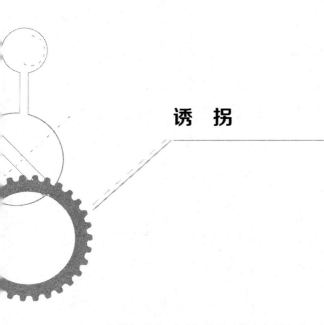

诱　拐

电话铃在如坐针毡的博士面前响了起来。

他伸手拿起电话。一个低沉的声音从话筒深处传来："喂，户主在吗？"

"啊，我就是。"

"你就是那个著名的埃斯特雷拉博士吗？"

"我就是埃斯特雷拉，你是哪位？"

"无可奉告。不过，至于我干吗打电话，我想，你已经猜出来了吧。"

声音的末尾变成了冷笑。

"啊，你……"

博士说不出话来，对方的声音依然平淡。

"没错。你的孩子现在已落在我手里，正在休息呢。"

博士颤抖着声音问："把我心爱的孩子带走，你到底想怎样？他还不到一岁……"

"既然你这么心疼孩子，那你干吗还把孩子扔在车子里去办事？"

"啊，果然是那时候被你拐走的。我只是下车去买点头疼药。你是不是早就盯上我了？"

"别上火啊，博士。不要反抗。你还是拿出科学家的态度，认清现实吧。"

"你……你为什么要这么做？有仇你可以冲着我来啊。卑鄙……"

"不，我跟博士无冤无仇，反倒对你尊敬得很呢。"

"你到底想怎样？我老婆已经悲痛得昏过去了。"

这时，对方的声音中露出了一丝担心。

"博士，你不会报警了吧？"

"没，还没有。我们一直等在电话旁，期待着奇迹的发生。所以，你千万不要伤害孩子。"

"不愧是博士，既然这么明理，我是不会让你担心的。放心，你的孩子很好。那我们就赶紧交易吧。"

"交易？绑架孩子勒索赎金是重罪，你不会不知道吧？"

"我当然知道。别跟我耍心眼，否则，我可无法保证你孩子的安全。"

"等……等等，你想要多少钱？"

"好，那我就明人不说暗话。我听说博士最近主持完成了一个关于秘密机器人的项目，我想要图纸。"

"什么？这个我办不到。"

"办不到？这话可不能随便乱说哟。"

"我做那个就是为了惩恶的，决不能交到你这种人手里。钱你要多少我都给，我们用钱来解决。"

"可是，博士你不是常说嘛，研究成果是金钱买不到的。况且把图纸换成钱，这一点我肯定会比博士你强。"

"啊，可恶。你还算是人吗？"

"说对了。我可不是机器人。你都看见了，我有欲望啊。"

"像你这种人，决不能留在世上。"

"哟，不要激动嘛。不要忘了，你孩子还在我手里呢。"

"算你狠，我答应你。"

"这就对了嘛，这才是识相的博士。"

"可我的孩子真是在你那里吗？"

"这一点你大可不必担心。他一直乖乖地躺在一旁的长椅上睡觉呢。"

"是吗？那我就放心了。但为谨慎起见，你得让我听听声音。"

"他现在恐怕还什么都不会说吧。"

"没事，哪怕哭一声也行。只有让我听听哭声，我才能安心地答应你的条件。"

"真的能行？让他哭也行？"

"我只是想确认一下孩子平安。你揪一下他的耳朵。孩子的耳神经很敏感，如果被揪了耳朵，即使在熟睡中也会哭起来的。"

"好奇怪的要求。那好吧，我就揪给你听。不过，要是有人听到哭声过来就麻烦了。我得先关上窗子。"

"随便。如果怕的话，你就是锁上门也无所谓。"

"什么？"

"随便。快让我听听孩子的哭声，向我证明他还平安。"

"请稍等，我现在就帮你揪。验证完后我们再谈交易的方法。"

　　对方的声音中断了一会儿。话筒里传来貌似关窗的声音。接着，一个微弱的声音传来。

　　"孩子，你爸爸说想听听你的哭声，疼你也要忍着点啊。"

　　博士紧紧握住贴在耳朵上的话筒等待着。随之，剧烈的爆炸声传来。

　　博士将话筒放回原处，惬意地笑起来："他万万想不到那耳朵竟然是爆炸开关，坏人又少了一个。"

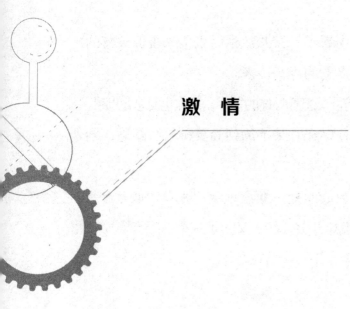

激 情

"**这**恐怕会花一大笔钱。"

面对一些人的担忧,所长回答说:"是的。不过,这些装备是必需的,必须买。"

在宇宙研究所的会议室里,以所长为首的一大帮研究人员齐聚一堂,正在热烈地讨论桌子上的一张图纸。

所有人都知道该项目需要一笔庞大的费用,不过每个人的眼里都闪烁着光芒,图纸上画的是一艘巨大的宇宙飞船。

"规模好大啊。"

"是的。这次跟此前已经完成的火星探测和金星探测不同,规模非同一般。因为这是飞出太阳系,穿越浩瀚宇宙，直奔其他星系后再返回的大项目。”

所长在图纸上指指点点。图纸上密密麻麻地标注着乘务员室、储存食物和燃料的大型储藏室、完备的驾驶构造及到达目的星球后记录数据的相机等各种精密仪器。

所长继续进行说明：“问题是距离。如果把太阳系内的宇宙旅行比作是在附近散步的话，那么到银河系的其他恒星间飞行就相当于国外旅行了。我们得同距离还有耗费的时间做斗争。”

所长的一番话让大家纷纷点头。

“无论花多大的费用，我们也要实施这一计划。”

“没错。我们现在已经探遍了太阳系内的所有行星，实现恒星间飞行已经成为全人类的夙愿。当然，任何时代都会有少数怀疑论者的，可大部分人还是真心支持这个计划的。无论规模有多大，我们的预算肯定都能获得批准。这一伟大目标一定能实现。”

接着，所长指了指一旁堆成山的文件。

“大家请看，这些都是报名参选乘务人员的名单。有这么多，全都是经过重重严密考察的合格者。只要保持住这份激情，我们的计划就一定能够成功！”

"那就是说，要再从中选出男女各两名，一共四个人来做乘务员，是吧？"

"是的。我刚才也说过，恒星间飞行是对距离和时间发出的挑战。毕竟光一个单程就要花费近两百年的时间，所以，一代人是根本完不成任务的。估计要到第一批乘务员的孙子那一辈，我们才能到达目的星球。"

会议室里充满了感叹声。

"啊，有这么多优秀的年轻人报名啊。他们明知道自己会在一成不变的宇宙里度过大部分人生，并在奔赴目的地的过程中结束一生，还是毅然决然地报名参加。"

"为了实现人类共同期待的目标，他们甘愿奉献自己的生命。他们就是人类的英雄。"

"当然。这种坚信未来的正能量正是提高我们文明水平的源泉。那些完成这一设计的技术人员、提供费用的人，还有我们，所有人还没等到飞船带回的报告就会离世。尽管如此，我们仍毅然决然地去践行。搭载着年轻人的宇宙飞船，一定会带着我们坚信人类未来的信念去穿越无限的空间。"

人们感慨万千。无限的空间阻挡着人类，可人类无论如何也要实现自己的理想。

这时，房间一角的蜂鸣器响了。

"怎么回事？正开会呢。有急事吗？"所长对着内部的对讲机说。

"是的，紧急事件。一艘来路不明的大型宇宙飞船正在接近地球。"

"是一艘吗？"

"是的，一艘。不过根据我们此前的观察，对方似乎并没有敌意，对我们的光线信号也做出了回应。我们想先将其引航到空港，请指示。"

"是吗？好，你们要一面继续警戒，一面将其引航到空港。我们会立刻赶赴空港的。"

所长下完命令后，把这一消息告诉了相关人员。

"大家刚才也都听到了，似乎有一艘某外星的飞船造访。虽说是偶然，不过，在这个节骨眼上来访，也是我们的幸运。它的造访无疑会给我们的计划带来很多参考价值，我们的计划会因此更加完备。"

会议临时中断，大家匆匆离开气氛紧张的市区，赶往空港。

那艘来路不明的大型宇宙飞船一面闪着银辉，一面准备着陆。

"好大啊。"

"我们的飞船建造完成之际，应该也会有那么大。"

"他们是来干什么的呢？"

在大家的注视下，飞船完成了着陆。不久，舱门打开。

"会出来些什么人呢？"

在大家的窃窃私语中，一名宇宙人摇摇摆摆地出现在大家眼前。

"这不跟我们很像嘛。"

"几乎就是一模一样啊。"

可是，由于语言不通，双方连招呼都没法打。不久，人们就弄来了一台脑电波探测仪，交给那名宇宙人，指手画脚地让他戴到头上。对方十分配合。双方终于可以进行交流了。

"欢迎光临，飞船上的驾乘人员有很多吗？"

"就我一个。"

尽管大家还有很多问题想问，可人家毕竟是从遥远空间的彼岸过来的，大家就没有连续逼问。接着，大家把对方领到了早就备好的酒店。

在通往酒店的路上，人们带着好奇的目光，偷偷地观察着汽车上的这位客人。宇宙人好像比大家更加好奇，怯生生地打量着这个星球上的风景。

当酒菜上来，对方略微平静下来之后，人们对宇宙人的提问再度开始。

"您是一个人驾驶着那艘宇宙飞船来到这儿的吗？"

"从结果上来说是这样的。不过，当初从我们星球出发的时候是四人。"

"是吗？那另外的三人怎么了？"

"不，是四个人，他们早就在很久以前死去了。"

"您的意思是……"

"四人分别是我的祖父祖母，外祖父外祖母。他们四人的孩子就是我的父母了。我们总共花了三代人的时间才到达这里。"

人们面面相觑，仿佛在说："瞧，其他星球也采用了同样的办法。"

"你们的计划也是这样的啊。你们一定付出了相当大的努力吧。我们地球也正想尝试下这种方法呢。像您这样一位时间和空间的征服者，一定能给我们提供很多宝贵经验。与时间斗争是需要相当的毅力的，您到底是如何战胜它的呢？"

"根本就没什么。因为从我懂事的时候起我就待在宇宙里，既不能回去，也无法跳到外面去，结果时间就在我无能为力的过程中流逝。最终，我就到达了这里。仅此而已。"

听他这么一说，大家尽管也觉得理所当然，不过还是有点失落。因为大家所期待的是那种挑战未知世界的激情和克服孤独无聊的强大精神动力。于是，大家的提问暂时中断了。

"你们星球的文明怎么样？"

"这个我怎么会知道呢？毕竟我是在探险的途中出生的，我什么都不知道。我也曾试图在宇宙飞船里找过。可由于是探险火箭，里面根本什么都没有。早知这样，带点东西来就好了，可是我又没法回家去取。不过，这也不是我的错。"

"那您从您的祖父们那儿肯定也听到过不少关于您家乡的事情吧？"

"没有。其实，我连祖父长什么样都不知道。我出生前他们就死了。因为祖父们是在年纪很大之后才要的孩子，还要考虑食物够不够，所以他们必须尽可能拖延下一代人的出生时间。"

人们一面窃窃私语，一面继续提问："最初乘坐的四个人，一定吃了不少苦吧。"

"啊，那是肯定的。听我父亲说，祖父们出发时曾信心百倍，还高喊着口号，一定不会辜负人们的期待。父亲就是听着这些长大的，耳朵都磨出了茧子。"

"我们十分理解这种心情，因为要努力设法让宇宙飞船到达目的星球。"

"可是，我也不太懂。毕竟都是间接听来的。而且父亲也不大对我说。我十分理解父亲这种心情。在无处可逃的宇宙飞船里，如果有人不断地鞭策你，要你不辜负那些从未谋面的故乡人的期待，想必任何人都会厌倦的。不过我还好，没有这种压力。"

人们再次面面相觑，微微皱起眉，问出了最后一个问题："您今后打算怎么办？"

"事实上，我也不知道该怎么办。父亲教导我，要我一定好好调查这边太阳系的行星，整理好资料后再踏上归途，然后在有限的生命内不断飞行，生命结束前再将宇宙飞船调整为自动驾驶，直至被我们星球的人发现，然后把资料带回我们的行星。除此之外别无办法。"

"让我们帮您收集资料吧。"

"不了，谢谢你们的好意。我已经厌倦了宇宙旅行。我想放弃。"

"可是，在你故乡等待的人们……"

"我实在难以理解。对那些从未谋面的人，我怎么会有感情呢？我反倒更喜欢你们。这里就是个不错的星球，不是吗？"

"那您如何打算？"

"我刚才就在想，如果能在这个星球上生活多好啊。可以吗？你们不会残忍到把我赶到宇宙里给杀掉吧。"

"您随便……"

大家压低了声音，窃窃私语。

"那些曾对未来充满了激情，在宇宙里奉献了一生的祖辈，如果知道是这种结果的话，不知会怎么哀叹呢。"

"啊。看来我们必须重新考虑计划，如果第三代会变

成这样。"

　　大概是感受到周围的异样了吧，这位伟大的空间征服者小心翼翼地说："有问题吗？我绝不会给你们添麻烦的。如果是钱的问题，那我情愿把我的宇宙飞船卖了。啊，只要够我目前生活就行，便宜点也没关系，当破烂卖掉也行。"

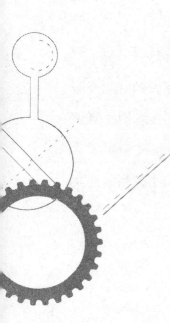

地藏菩萨送的熊

"爷爷，我又做了个噩梦。"小男孩焦急地对爷爷说道。清晨的阳光照在窗户上，爷爷坐在窗边的椅子上。

"孩子，梦到了早晨就会全部消失的，不用害怕……"

爷爷抚摸着小男孩的头回答。两个人的家就在码头附近的一座小山丘上。一阵阵清风吹进窗户，带来阵阵潮水的气息。

几条船静静地停在码头上。爷爷一面望着码头，一面继续说："再过三个月，你爸爸乘坐的那条船就会回到那个码头了，你要乖乖地等哟。"

男孩的爸爸是名船员，往来于遥远的外国港口。妈妈生下男孩后不久就去世了，家里只剩下祖孙俩相依为命。

"可我不想再做噩梦了，怎么办呢？"

可是，爷爷也想不出好办法。他知道孩子经常做噩梦，但也无法帮助孩子消除。

"今晚肯定还会做的。"由于爷爷没有回答，小男孩便摇着爷爷大声说。

"是啊，该怎么办呢？"爷爷低头想了一会儿后说，"啊，那我们去拜拜地藏菩萨吧。"

"拜地藏菩萨就不做噩梦了吗？"

"对啊。"爷爷只能这么回答。

"那我们现在就去吧。"

男孩拉起爷爷瘦骨嶙峋的手就走。

"是吗？那我得先从院子里拿些供花。"

爷爷找了把花剪，跟小男孩来到露水还没干透的院子里。爷爷走到篱笆墙前，剪下几朵蔷薇花，把花茎上的刺掰下来后递给男孩。

"来，带上这个。"

"嗯。"

爷爷拄着拐杖，男孩抱着花，祖孙二人走下山来，朝山脚小树林旁的地藏菩萨庙走去。

"孩子，你要把花供上，好好地拜。"

小男孩把两只小手合并起来，点了两三下头。

"地藏菩萨，请保佑我不再做噩梦。"男孩学着爷爷的样子拜完后说道，"从今晚起就没事了。"然后他高兴地跳起来。

"好。接着我们去城里一趟吧。"

"嗯，我想吃冰激凌。"

祖孙俩逛完商场后，在公园休息。公园里有很多花草和鸽子，两个人在这儿休息了一阵子。

临近中午，他们返回山丘上的家里一看，发现爸爸寄来了一个包裹。

"是爸爸寄的。"

"快看看里面是什么。"

小男孩打开包裹，发现是一个球。球的颜色很美丽，里面还装着一个铃儿，每次摇起来都会发出悦耳的声音。这是爸爸在外国码头给小男孩买的礼物。这一天，小男孩一直在玩这个球，直到睡觉。

第二天早晨，爷爷问："怎么样？"

"又做梦了，不过这次不是噩梦。"

"那是什么梦？"

"我梦见一头长鼻熊。我跟它一起玩，可好玩了。"

"那就好。"

爷爷放下心来。爷爷觉得，是冰激凌和包裹让孩子的孤独感淡了些。

就这样，祖孙俩平淡的日子又持续了一阵子。

"最近不做噩梦了吧。"

"我老梦见那头长鼻熊。爷爷，那到底是什么动物？绘本上也没有啊。"

"样子像熊？"

"嗯。尾巴像牛。眼睛很温和，好像每次梦见时都会长大一点点。"

爷爷把手按在脑门上想了一会儿，然后说："啊，那动物肯定叫貘。"

"貘？"

"嗯。貘是一种能吃噩梦的动物。一定是因为你祈祷了，所以地藏菩萨就送了只貘给你。你可一定要善待它。"

"我们的关系可好了，真希望它快点长大。这样我就可以骑在貘的背上玩了。"

"很快就会长大的。它把你的噩梦全吃掉了，一定会长得很快的。"

爷爷慈祥地笑着，抚摸着男孩的头。

临近傍晚，当男孩在自家附近玩那个装着铃儿的球的时候，身后忽然传来一个粗犷的声音："喂，给我玩玩！"

男孩吓了一跳，回头一看，只见身后站着个坏心眼的孩子。

"还挺好玩的呢。"

那孩子比小男孩大，也更强壮。

"我不！"

"小气鬼，快给我！"

那孩子命令着小男孩，还用手戳小男孩的肩膀。

小男孩吓得浑身发抖，连话都说不出来，就像之前做噩梦时一样。

"貘宝宝，救救我。"

"瞎喊什么啊，快给我！"

那孩子很凶。小男孩便把球扔了，哭着跑回了家。球响着铃声，在山路上不断地滚动，野孩子就在后面一直追，直追到路口时，球被一辆疾驶来的翻斗车给轧在车轮下。

小男孩是哭着钻进被窝的，不知不觉间就睡了过去。这一次貘比前一天长大了很多。

"一下子长大了这么多，你吃的什么啊？"

貘并不回答，只用它平时吃饱肚子时那可爱的眼神注视着小男孩。

"你吃什么都行。反正我早就希望你快快长大，好骑在你的背上玩呢。"

小男孩骑上突然间长大的貘，高兴地抚摸起它柔软的毛发来。

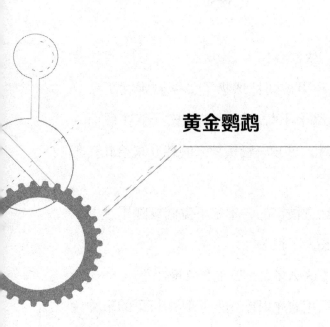

黄金鹦鹉

墙上钟表的指针已指向凌晨两点，而眼前这个房间仍亮着灯。一个青年躺在房间一角的床上，朝着台灯那毫无温情的光，一直重复地做着机械的动作。

他眨眨眼，叹口气，然后再看看表，翻翻枕边的杂志，然后再无聊地合上眼睛。

今晚他又要失眠了。

他没有晚饭后喝一杯浓咖啡的习惯，也不像大多数人那样心里老惦记着明早要去上班。不久前，他刚刚辞了电力公司工程师的职务。

他想自己干一番事业，投入了全部资金，但结果一点都不赚钱。事到如今，他也无法回到原来的单位。一想到未来，他就彻夜难眠，恐怕再也没有比前途未卜更让人难以入睡的了。

他合上书，呆呆地朝房门望了一眼，还未等叹息声发出，他就怔住了。因为在他视线前方，门把手正轻轻地一点一点地转动。他目不转睛地盯着，不久，门把手就被扭到了最大，接着门忽然开了。他哪儿还有睡意，被吓了个半死。

两个脸上蒙着黑布的男子不声不响地闯了进来。其中一个说："喂，不许出声，不许碰电话。不怕死的瞧瞧这个。"

一把黑洞洞的手枪立刻顶在他的胸口上，青年不敢出声。

"我们没打算要你的命，只要拿到该拿的东西就行。"

另一名男子巡视了一下整个房间，走近窗户。

"大哥，是这个吧。"

说着，他将放在那儿的一个金色鹦鹉抱了起来。

"没错，快塞进包里。"

青年被手枪顶着，声音沙哑地说："啊，那个不行。那可是纯金的鹦鹉，是我辛苦制作的用来做生意的工具。"

用枪顶着他的人嘲笑道："说这个有用吗？有哪个抢劫犯会在事主的请求下放弃抢劫，你听说过吗？"

"这个我知道，可无论如何……"

"不行。我喜欢金子。而且，你摆这么一个金光闪闪的东西在窗边来刺激我们，你是不是也有责任？你这是自找麻烦。"

"你这么说就太过分了。乍一听好像有理，其实啥道理都没有。其他的我都给你，唯独那鹦鹉请给我留下。"

"你少啰唆。再说了，也没其他值钱的东西啊。哦，对了，不要报警，否则有你好瞧的。"

"明……明白。"

"要是让我知道你报了警，我的枪随时都会打爆你。"

"这个我明白，决不会报警，我发誓。"

"那好。喂，撤！"

于是，拿枪的和把金鹦鹉装进包的一起消失在门外的黑暗里。

"大哥，很顺利嘛。"

汽车在夜色中疾驶，抢劫犯们在车里交流心得。

"那是，咱们干活从来都是滴水不漏，既不会留下指纹，也不会让人看到长相。上次打劫，不小心被珠宝商看到脸，把他弄死就没事了。喂，有没有被跟踪？"

"不用担心。"

汽车一会儿加速，一会儿减速，拐弯抹角，绕来绕去，终于到达他们的藏身之处。

"到了。谁也不会想到，我们的藏身处就在这公寓的三楼。"

"喂，把包拿到屋里去。"

二人在房间里打开包。

"真漂亮。"

"啊，光是这金灿灿的颜色就让我百看不厌。真是看在眼里，美在心里。简直太爽了，我太爱金子了。"

"金子谁不爱。不过，那个青年做这玩意儿，到底要做什么买卖呢？"

"管他呢。说不定是想把这个当神像，搞个什么'鹦鹉教'之类的。他爱咋咋的。反正我明天就把这玩意儿熔化了，做成金条。"

"好了，睡吧。"

"等等。我得先算算赚了多少再睡，不算好账我睡不着。喂，计算器。"

贼老大在光彩夺目的金鹦鹉前不断按着计算器。

第二天早晨，一阵敲门声从外面传来。

"谁啊？喂，赶紧把鹦鹉藏起来。"

贼老大揉着惺忪的睡眼打开门，结果睡意瞬间全消。门口站着一名手拿长棍和箱子的男子，正是昨晚遭打劫的那个青年。

不过，劫匪却装作什么都不知道的样子问："哪位？什么事？"

"请把昨晚带走的金鹦鹉还给我。"

"什么？你见过我的脸？"

"不，今天是第一次见。不过，金鹦鹉应该就在这里。"

"你在瞎扯些什么啊？还是说，你是存心来找碴儿的？"

劫匪威胁着青年，可青年却不慌不忙地打开手里的盒子，取出录音机。

"岂敢。我的证据就是这个。那鹦鹉里装着麦克风和小型无线电。这是我苦心发明出来的东西，能把所有的一切都记录下来，这才让我凭着天线找到了信号发射地。"

青年一只手提着长棍，另一只手打开开关。磁带开始转起来："大哥，很顺利嘛……咱们干活从来都是滴水不漏……"

两名劫匪的对话当即被播放出来。

"怎么样？性能优越，连声音都不失真。"

"哟，没想到你还有这一手。既然这样，那我就不能轻易放过你了。我只好让你死，然后再把那磁带烧掉。"

尽管再次被手枪顶住，可青年却不慌不忙。

"你不敢杀我。我已经把录音备份并交给了朋友。一旦我死了，备份会立刻送交给警察的。"

"可恶，你到底想把我们怎么样？"

"我也不是不通情理。我也是经过周密思考后才开始这项生意的。我们做个交易怎么样？"

"什么……"

"你们已经赚了那么多，别这么小气好不好？你们是我的第一个客户。我就稍微给你们打点折，每月给我这个数，怎么样……"

说着，青年拿过一旁的计算器。

昨晚睡不着的他今晚依旧毫无睡意。青年在床上眨巴着眼睛，凝望着窗边的金鹦鹉。看来人啊，在确信能大展宏图的晚上也是睡不着的。

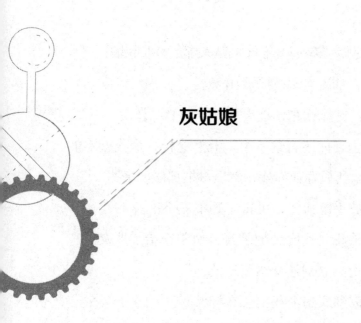

灰姑娘

这里有一处院落。院子里种了很多树，修剪得井井有条。院子里还有栋别致的房子，其中一间屋子里面摆放着很多名贵古董。

此时，一名造访的中年男子正朝着这家的主人——一名老人频频点头。男子上翻着眼珠仰视老人，一面假惺惺地笑着，一面重复着不知已说过多少遍的话："请一定给我找个差事干干。"

老人皱着眉说："我跟你算是老交情了。知道你现在经营不善，也很想给你个活儿干。可上次委托你做调查，却被你糊弄。既然是做信用调查，就要以诚信为首。现在就算有活儿我也不敢给你啊。"

"这次我一定会……"男子死皮赖脸地祈求着。

老人闭眼想了一会儿，说道："倒也不是没活儿。我想让你帮我找个人。一想到这事我就十分心痛，彻夜难眠。如果可以的话，我真想把那个人找出来……"

"好，只要交给我，我一定不会辜负您的期望。那个人到底是什么人？"

男子急不可耐地探出身子。

"说起来有点难为情。其实就是我自己的孩子。不是现在帮着打理公司的那个。我要找的是我的另一个孩子，我二十年前跟一个女人生下的女孩子。"

"没想到您还有这样一段往事，那您找到她后打算怎么办？"

"我想把这栋房子送给她。"

"唉，这房子……"

男子再次打量一下房子，又望望整个院子，然后叹口气。

"对，就是这栋房子。我要把我的财产及整个企业都交给儿子，这房子呢则送给那个女儿。"

这意外的一席话让男子紧张和激动得两眼直放光，连声音都变调了。

"您要把这么一大栋宅子送给她啊，那女孩到底有些什么特征？"

老人用低沉而从容的声音讲述起来："当时，我跟她母亲把这事给了断了。听说她母亲不久就去世了，后来孩子也杳无音信。事到如今，我本不想把这些陈年旧账挖出来让自己丢人。但大概是因为上了年纪吧，最近我老惦记这件事。恐怕，就算现在再看到那孩子，也早已认不出她的长相了吧。"

"那，还有没有其他线索？"

"她有两个重要特征，一个是左手没有拇指。"

"没有拇指？"

"对，没错。另外一个就是，她的右屁股上应该有一块很大的烧伤的疤痕。这两处伤残都是在她出生后不久两次意外留下的。她现在正值妙龄，所以一定很苦恼，好可怜啊。虽然这事听起来就像听天书一样，可真要找一个同时具有这两个特征的二十岁女孩，倒也未必找不到。怎么样？多花些时间也没关系，调查费我每周都会付你的。干不干？"

"干。我做梦都没想到您会把这么重要的任务交给我。您放心，我一定帮您找到她。"

男子高兴地离开了房间。

几个月过去了。

老人迎来了该男子的再次造访。

"从那以后，我四处寻找，终于没辜负您的期望。"

"是吗？没想到你真能找出来，而且还这么快……"

"我也是付出了艰辛的努力，今天就给您带来了。"

男子指指门口。只见一个女人惶恐地站在那里。

身为女儿，她必须得喊"爸爸"，可不知是因为不习惯还是因为紧张，那女人竟喊不出声来，嘴角直打哆嗦。

"快，让你爸爸看看左手。"

在男子的催促下，女人畏畏缩缩地伸出藏在身后的左手。这只手的确配得上这栋豪华的宅邸，真的没有拇指。

"下面，再把你烧伤的疤痕也展示一下。"

老人却摆摆手，打断男子说："啊，不用看了。谢谢你帮我找到了女儿。辛苦了。来，这是约定好的报酬。"

老人把一捆钱递给他。

"只要您高兴，我也无比开心，你们父女俩慢慢聊，我先告辞了。"

男子朝女人使了个眼色，正要回去，老人却叫住他。

"如果你要回去的话，顺便把这女人也带走吧。"

"这是为什么？"

"其实，这是我编造的一个故事。如果白给你钱，一定会伤害你的自尊。于是，我就虚构了这么个工作。没想到你居然真的找来一个。"

老人盯着女人那没有拇指的手，堆满皱纹的嘴角露出了笑容——一抹糅合了友情、想象和快乐的笑容。

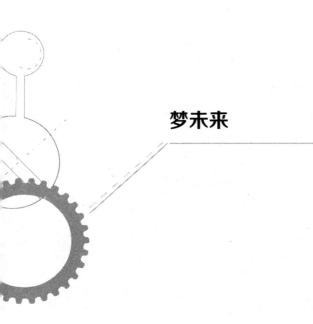

梦未来

"啊，时光机造好了。"博士说。

助手听了微笑着说："太好了。那我们就赶紧上路吧。最近天天都在工作，可把我累坏了。我们先去五百年前的过去，找个安静的地方好好休养一下吧。"

"你瞎说什么呢。为了造这台时光机，我们花了多少钱啊！我们必须先收回成本，哪有工夫闲玩。"

"那怎么办？"

"去未来，去两百年后的未来，找个发财的机会。走，出发！"

二人乘坐时光机，瞬间就出现在未来的一栋公寓里。

"呀，太棒了！要什么有什么，物品太丰富了。你瞧，不看说明书还真不懂呢。这看起来像放大镜的东西大概是电子显微镜吧。这个包只要按一下按钮就会变成帆船。啊，那边是药品部，不上瘾的致幻剂、一百五十岁还是童颜的荷尔蒙药物、效果完美的减肥药……多么完美的世界。"

"别瞪着眼珠子东张西望了，赶紧找些有用的东西带走。"

可不久之后二人就傻了眼。

"怎么办？没钱啊。"

"好不容易来一趟，我们决不能空手而归。豁出去了，赶快偷。反正物品这么多，肯定没人管的。"

助手打量一下四周，伸手就抓起一样东西。大概是报警装置启动了，一个声音马上从麦克风里传来："不得放肆！"

二人的身体顿时被电得发麻，惶恐之际，警察赶来，将二人抓获，然后开始了审讯。

"好奇怪的衣服，你们是从哪儿来的？"

"我们是乘时光机从二百年前来的，没想到未来世界这么抠门，走人。"

"走人？荒唐。扒窃可是重罪。我是不会轻易释放你们的。"

"您就通融通融吧……"

二人苦苦哀求。要真回不去可就糟了。大概是动了恻隐之心，那名警察最终点点头，压低声音说："我看这样吧。你们干脆把那机器借给我用一下。这样的话，说不定我会放你们一马。"

"只能这样了，不过你得赶紧回来。"

"没问题。我立刻就回来，只是去二百来年后的未来稍微拿点东西。大功告成之后，也不做这破警察了。"

警察微微一笑，坐进时光机。二人只能忐忑地目送他远去。

肩上的秘书

塞姆脚穿着自动滑轮鞋在塑料道路上一面滑行，一面不时地看手表。

下午四点半。回公司前，在这附近再推销一户算了。想到这儿，塞姆放慢滑轮鞋的速度，停在一户人家门前。

塞姆是名推销员。他左手提着个大包，包里塞满商品。左肩上停着一只鹦鹉，它长着一对美丽的翅膀。当然，在这个时代里，每个人的肩膀上都停着一只这样的鹦鹉。

他按下门铃，等了一会儿。不久，门开了，家庭主妇露出头来。

"您好。"

塞姆在口中小声嘀咕了一句。于是，肩上的鹦鹉立刻伶俐地说道："请恕我们在您百忙之中前来打扰，请见谅。"

这其实是只机器鹦鹉，里面装着精密的电子元件、发声器和扬声器，能够把主人想要说的话清晰明白地传递给对方。

不一会儿，主妇肩头的鹦鹉就回答说：

"欢迎光临。不过，不好意思，我脑子不好使，记不起您的名字了……"

塞姆肩头的鹦鹉低头想了想，在他的耳边嘀咕了一句："在问你是谁呢。"

这种机器鹦鹉还有总结汇报的功能。

"新电子公司的，推销电子蜘蛛。"

听了他的咕哝后，鹦鹉彬彬有礼地介绍起来："其实，我是新电子公司的销售员。想必您也知道，新电子公司是一家历史悠久、诚信可靠的公司。我今天造访您不为别的，只想推荐一下敝公司研发部新近开发的一款产品，即这款电子蜘蛛……"

说到这儿，塞姆打开包，取出一个金色的小金属机器，它的样子很像蜘蛛。肩头上的鹦鹉继续说道："它就是这款产品。当人后背发痒时，只要让它轻轻爬进内衣下面，就可自动爬到发痒部位，为我们痛快地挠痒痒。它还能将装在内部的药物涂抹在痒痛部位，十分方便。电子蜘蛛是您这种高档家庭的必备之物，所以专程为您带来一款。"

塞姆的鹦鹉刚说完，主妇肩头的鹦鹉就用塞姆无法听到的声音在主妇耳边嘀咕："在让你买自动痒痒挠呢。"

主妇咕哝了一句"不要"。于是，鹦鹉便详细地表述起她的意思来："这么棒啊，你们公司可真厉害，不断有新产品面世。可这产品太高级了，我们家用不起。"

"说是不要……"塞姆的鹦鹉把意思总结了一下。

"再忽悠一下。"听了他的指令后，鹦鹉的声音越发热情起来。

"是吗？可这款产品实在太方便了。它既能帮我们解决难挠之痒，接待客人时也不会被客人察觉。而且它还能节省不必要的劳力，价格也十分优惠。"

"要你无论如何也买一件。"

"真啰唆。"

主妇肩头的鹦鹉跟她嘀咕了一会儿后，回答道："不过，我们家买东西都要跟我丈夫商量。真不巧，我丈夫还没有回来，我现在也不好做决定，今晚我会好好跟他说的。您下次方便的时候再过来吧。我本人是真心想买，可是现在不行。"

塞姆的鹦鹉又把她的意思传递给了主人："要你走人。"

塞姆死了心，一面往包里收电子蜘蛛，一面咕哝着："再会。"

肩头的鹦鹉郑重地转达了再见的意思："既然这样，那真是太遗憾了。那么，我们下次再来。打扰您了，请代我们向您的丈夫问好。"

塞姆走出门口，依然让鹦鹉停在肩膀上，加大自动滑轮鞋的油门，返回公司。

他在桌前坐下来，按下事务整理机的按钮，统计起今天的销售额来。

"喂，塞姆。"部长肩头的鹦鹉喊了一声。

"又要训人？"

　　随着塞姆的咕哝，肩头的鹦鹉立刻回答部长说："好的，马上就到。整理完桌上的文件后马上过去。"

　　不久，塞姆就站到部长的办公桌前。部长的脖子上正停着一只机器蜂。该蜂可以用针刺激穴位，具有缓解肌肉酸痛的作用。部长肩头的鹦鹉则一本正经地说："你知道吗，塞姆？咱们公司现在正面临关键时期，必须实现巨大的突破。这点我想你也知道。你最近的销售业绩是不是需要再提高一下？我对你的业绩只能表示遗憾。希望你能充分认识到这一点，拿出更大的工作热情来。"

　　塞姆的鹦鹉小声说了句"要你再多卖点"，塞姆则小声回了句"说得容易"。于是，肩头的鹦鹉老老实实地对部长说道："明白。我也早就下定决心，继续提高销售业绩。可最近一段时间，其他公司全都变着花样搞创新，销售比以前难多了。当然，我肯定会继续努力的。不过也请部长告诉一下研究生产部，要他们多研发新产品。"

　　铃响了，下班的时间到了。

　　"啊，今天的工作终于结束了。干了一整天的推销，累死了。回家路上我得去酒吧放松一下。"塞姆兴奋地自言自语道。

塞姆推开一家常去的银河酒吧的门。老板娘肩上的鹦鹉发现后，立刻用妖媚的声音欢迎着客人："哟，塞姆先生啊。欢迎光临。最近怎么不来了啊。像塞姆先生这样的大帅哥不来，店里不知有多冷清哟……"

对塞姆来说，唯有此时最快活了。

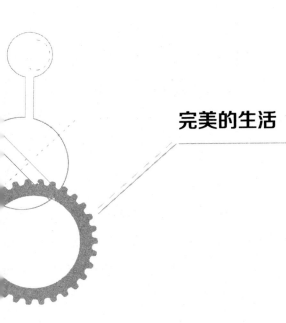

完美的生活

清晨，山间的建筑群绵延不断。山那边，夏季的太阳早已升到白云上，把阳光洒向大地。阳光也同样被送进眼前这个房间。这是一栋八十层公寓的第七十二层。躺在床上的这名男子便是这房间的主人——在宇宙旅行保险公司上班的泰勒。

太阳又升高一截，照进窗户的阳光被窗边的玻璃台面强烈地反射到墙上，在嵌墙式自动挂历的日月牌上留下一个圆圆的光晕。

射进窗户的阳光越来越强，不过镶在窗户上的巨大玻璃具有隔热功能，阳光只是把光亮带进了房间。

在设备的作用下，室内的空气温度适宜，长年保持稳定，还带着丝丝的花香，花香还会随季节和主人的喜好随时调整。现在是夏季，所以根据泰勒的个人喜好，室内的花香被调成百合花的味道。现在，房间一角的某个设备正静静吐露着花香。

墙上钟表的指针指向八点，继而轻轻发出"当"的一声。接着，音乐从一个大花瓣形的银色扬声器中响起，同时还有个优雅的声音在喊："喂，起床时间到了，请起床哟……"

与钟表和所有设备连在一起的录音磁带连续播放了三遍。由于泰勒并没有要起床的样子，叫喊便停了下来，取而代之的是墙壁中齿轮微微切换的声音。

一只手从天花板上静静地伸下来。这种家家必备，被人们称为"手"的装置由软塑料做成，是只巨大的机械手。

"您若不起床，上班会迟到的。虽然您很困，可班还是要上的。"

伴随着这"声音"，"手"掀开被子，抱起泰勒，把他抱进浴室。泰勒就像从前的木偶一样被操纵着，被送进自动开门的浴室。"手"把泰勒抱到淋浴下面，又有一只小"手"从墙上冒出来，往他脸上抹脱毛膏。抹上五秒后，胡须就会完全溶解掉，而且对皮肤毫无伤害。

同时，大"手"灵巧地把睡衣从泰勒身上脱下来，扔进一旁的电子洗衣装置。

"下面给您淋浴。"

伴随着这"声音"，温度适宜的洗澡水轻轻喷洒下来。不久，就像阵雨骤停一样，洗澡水忽然减弱，然后停了下来。干燥的风则迫不及待地吹过来，小旋风揉搓着泰勒的全身，不一会儿便把他皮肤上残留的水滴吹干了。

吹干皮肤后，喷雾器轻轻把花露水喷洒到身上。"手"帮他穿上干净整洁的衣服。

"早餐已备好，请往这边用餐。"

"手"配合着"声音"，将泰勒拎到餐厅，放到椅子上。餐桌上摆满了用传送带从厨房送来的早餐，飘溢着咖啡和牛奶的香气。

"请用餐！"

同时，电视开关也被打开。前一天的新闻摘要立刻以美丽的色彩被放映在巨大的显示屏上。电视只播放了三分钟，现在是和平年代，并没有什么大事。

新闻播完后，电视开关自动切断。舒缓的音乐从三面墙壁上播放起来，在明媚的阳光和清新的空气中不断舞动。

不一会儿，音乐声变低。"声音"说道："如果您已用餐完毕，下面该收拾餐桌了。"

一切都按照固定的时刻表在有条不紊地进行着。泰勒并未按一旁的按钮，传送带就自己动了起来。餐桌上的餐具在与陶器、金属的碰撞声中被送回了厨房。

音乐声再次变大，喷雾装置也动了起来，停在泰勒面前。只要吸一点容器里的喷雾，头疼就能减轻。不过，泰勒今早碰都没碰。

音乐变换着曲子，又响了一会儿。

指针指向八点五十分，音乐声再次变低，停了下来。"声音"则随之提醒起来："喂，该出门了哟。"

"手"把泰勒拉起来，往房间的一角带去。随着泰勒逐渐靠近，房门也自动打开。门口一个坚固的透明塑料材质的椭圆形物体正在等候，这便是所有人都在使用的交通工具，"手"把泰勒放到里面。

"请您高高兴兴地上班去。请放心，清扫和整理工作也会一如既往，会在您上班期间全做好的。"

伴随着"声音"，椭圆形交通工具的门被关上，一旁的按钮也被按下。

随着"咔嚓"一声，在挤压空气的作用下，交通工具被吸进一根巨大的管子中。这种管子遍布城市的大街小巷，是在强大的空气压力下推进的，任何人都可以在短时间内到达任何目的地。

泰勒的交通工具也在管子里行进着。前端的小型装置不断发出无线电，管子接收到信号后，会在复杂的管道中将其准确无误地引领到目的地。

五分钟后，泰勒的交通工具出现在公司的大门口。

由于是上班时间，门口聚集了许多员工，其中一人还透过塑料层跟泰勒打招呼："早上好，泰勒。怎么了，脸色怎么这么差？"

可是，泰勒似乎并没有要出来的意思。打招呼的同事伸手准备把泰勒拽出来，刚接触到身体便大叫起来："身体冰冷。喂，医生！"

不久，医生同样从管道中赶来。在大家的聒噪声中，医生检查着泰勒的身体。

"情况怎么样？"

"已经迟了。泰勒以前心脏就不好，看来是又发作了。"

"什么时候发作的？"

"这个嘛……死了大约十个小时了，应该是昨晚死的。"

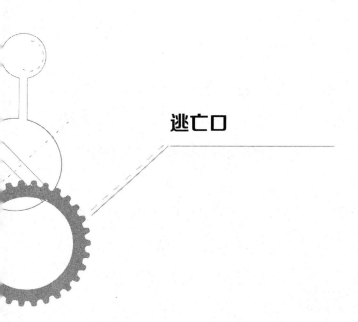

逃亡口

"啊，终于收尾了，你把铁丝往那儿缠一下。"
我手拿着图纸命令着助手。

助手唠唠叨叨地站起来，笨拙地在机器上缠起铁丝来。

"老师，这么缠，行吗？"

"跟你说多少遍你才能明白？不是那样。是像莫比乌斯环一样做个线圈。你不知道莫比乌斯环？就这样。明白了吗？照我的样子继续缠。三重超高压的三相电流从三个方向通过这线圈，这样电磁场就会重复复杂变化，互相干扰。等调整好后，三个波动就会一致，在空间中产生一种形变。然后用另一个装置将形变放大后就会在空间里形成一个洞。"

　　长期以来的研究终于要成功了，我十分激动。该装置的中心需要一个起主要作用的、形状奇特的粗线圈，直径得有两米左右。而现在，这个线圈正被铁丝一点点地缠绕出来。

　　"老师，我实在不明白。放大莫比乌斯干扰之类尚可以理解，可我们也用不着费这么大劲非要在空间里打洞吧。有洞的地方不就是空间？您瞧，我身上的衣服破破烂烂的，全都是空间啊。"

　　无论我怎么解释，这个呆头呆脑的助手都理解不了这项研究的原理和意义。购买器材花费了我过多的资金，我已经没钱再雇佣更优秀的助手了，所以我只能忍受这个笨蛋。

　　"啊，你再忍耐一下。等项目完成后，你就会明白这是项多么棒的发明了。像那些没有洞的衣服啥的，你立刻就能买到。因为只要用这装置在空间打一条隧道，我们就能去相邻维度的世界了。"

　　"我搞不懂相邻维度一词，就做了很多调查。这词好像经常在儿童漫画中出现。"

　　"没错，这就是我的目标所在。一切伟大的发明都是
先出现在儿童漫画里的，不信你看看宇宙飞船。从前一说
到宇宙飞船，人们就会嘲笑是儿童漫画。可一旦进入实用
化阶段，所有人就都振振有词，露出一副自己从没嘲笑过
宇宙飞船的嘴脸。光线枪和电子窗帘全都是这样。"

　　"听您这么一说，倒也真是啊。"

　　"我就是在涉猎儿童漫画的过程中，想研究出一种任
何人都未做过的能够去相邻维度的装置。"

　　"那进展顺利吗？"

　　"人类历史上有不少关于某类人群突然消失的记载，
那是因为他们掉进了空间裂缝。寻找裂缝是项艰难的工
作，而打洞则是条捷径，因此我才设计了这种装置。等完
成以后你就会发现，以前那些嘲笑我的家伙都会向我低头
的，人类就是这样。喂，快干活。"

　　助手半信半疑，继续缠起铁丝来。

　　"相邻维度到底是什么样的世界啊？"

　　"我不知道，毕竟谁也没去过，我们必须尽早完成装
置，这是先决条件。不过，肯定不会像我们这个世界这样
混乱。你看看我们这个世界，所有人都沉迷在无聊且无用

的事情里，没有一个是精神正常的，所以我才要为这个世界打开一个通风口。"

不久，线圈绕出来了。

"老师，终于完成了。"

"是吗？辛苦了，我现在就打开开关。你看好了。"

我用颤抖的手合上开关，一面观察着仪表，一面扭动着旋钮，一点点提高着电压。

"老师，为什么不一次性把电压提上去？"

"为了以防万一。万一我们打开的空间之洞正好通往相邻维度世界的海底可就糟了，海水会瞬间吞没这个房间。"

"哦，是这样啊。"

我一面留意着线圈，一面提高电压。可是，根本就没有水和毒气喷出来。于是，我一口气把电压加到最大。

"好，这样洞就打通了。喂，你跳进那个线圈里试试。让你吃了那么多苦，我就把第一的荣誉让给你了。"

助手战战兢兢地瞧了瞧线圈环的平面，犹豫着。平面上漂浮着一层灰色的微粒子膜，就像毛玻璃一样。

"我？有点瘆人。"

"没事，微粒子膜对人体没有任何影响。"

“等……等一下。我们先往里扔点东西看看情况。”

助手随即捡起掉在地上的一个螺丝，扔进线圈环里。螺丝刺破如雾一般的薄膜瞬间就消失了。助手紧盯着螺丝消失后的场景，仿佛下定决心似的，摆出一副要往下跳的姿势，可忽然间他又大声喊了起来：“老……老师！快看！”

“什么？怎么了？”

在助手的提醒下，我往线圈里一看，只见一个人头正从微粒子膜里冒出来，眼睛还一眨一眨的。惊讶之余，我的眼睛也不由得随之眨了起来。

线圈中出现的人头逐渐露出全身，最后竟出现个身穿白大褂的男子。他莫名其妙地环视着房间，不久便自言自语地说道：“咦？怎么回事？怎么是个我从未见过的世界？我怎么来到这么个地方？难不成我的脑子坏掉了？”

看到他的样子，我会心地笑了。我的装置已经展示出它的性能。于是，我跟白衣男子打招呼：“喂，请不用担心。也难怪您会吃惊。这装置是我苦心钻研的结晶，通过这台装置，我把我们的世界和你们的世界连到了一起。因为您待的那地方碰巧开了一个洞，结果就发生了

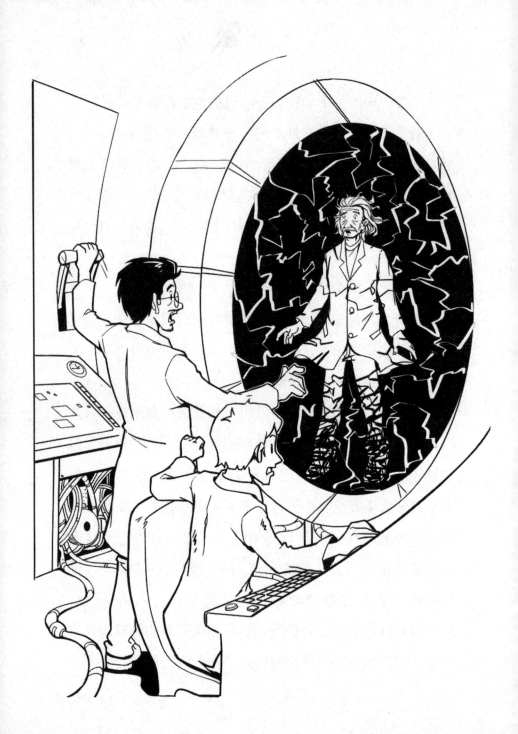

这种事。"

男子端详了一会儿线圈，说："这样啊，怪不得呢。我正在发呆时，头忽然被螺丝砸中。扭头一看，发现空中伸来一个圆筒状的东西，于是就伸头进去查看。我也一直想发明具有这种功能的装置，没想到让你抢先了，真有点遗憾。"对方彬彬有礼地跟我打着招呼。

我也回应说："这种事就先别管先来后到了。不管谁先打开洞，结果不都一样嘛。虽说只是偶然，但您却有幸成为维度旅行的第一人啊，而我和助手都错失了这个机会。不过，这都不是问题。问题是，维度不同的两个世界今后会通过这个洞进行广泛的文化和产业交流。啊，您先别站在那儿了，这边请。"

我关闭了装置的开关，请男子往椅子上坐。

"那就不客气了。"

男子坐下来，新奇地望着窗外。我慌忙解释说："我们这儿太寒酸，实在不好意思。同你们的世界相比，我们这个世界一定是相形见绌吧？"

男子摆摆手，从容地回答说："不，维度不同，文明的进步程度和生活的水准肯定也会不同的。您也用不着羞愧或是狂妄自大。哪像我们的世界，到处都金光闪闪的，在有些人看来，说不定还以为是低级趣味呢。"

"为什么是金光闪闪的？"

"都怪一种叫金子的金属太多了。金子不生锈这点倒还不错，可是太柔软了，而且颜色不好看，令我十分讨厌。所以我想发明一种能超越维度的装置来逃离这种世界，没想到让你抢先实现了。能来到这个世界，我实在是太幸运了。这里并没有耀眼的金光，高雅得让人心旷神怡。"

突然，正在一旁倾听的助手大叫起来："金子？原来如此。老师，我终于明白了。我一直觉得在空间打洞的行为太愚蠢，是我错了，原来您是这样的一个计划啊。对了，那么钻石之类的东西呢？"

我慌忙责备助手："喂，别给我丢人好不好？你能不能问点更高级的问题？"

可白衣男子对这种冒失的问题也微笑着给予了解答："您说的钻石，指的是那种会发光的石头吗？现在已经沦为便宜货了。自从我发现那颗矿藏丰富的行星以来，钻石就被利用到各种物品上。结果就让世界变得更加金碧辉煌，我一点都不喜欢。"

接着，我趁机问道："那宇宙旅行之类，能随心所欲地进行吗？"

"听您的语气，好像这个世界还没有实现这一步啊。"

"也不怕您笑话，我们这里才刚刚起步呢。"

"啊，那也用不着害羞。只要有了我的帮助，这种事手到擒来。"

助手在一旁着急地催着我："老师，赶紧去看看吧。如果您不想去的话，那我先去。"

助手刚才那副害怕的样子早已不见了踪影。

"慢。如果只让你一个人去的话，还不知道你会在那个世界里闯出多少祸来呢。可如果我一个人过去，把开关交给你我又不放心。"

看到我犹豫不决，男子便说道："那就由我来替你们看管吧，干脆你们俩一起去，这东西该怎么弄？"

于是，我教他开关的使用方法。

"倒也不是很难。不过如果一直通电，恐怕会导致线圈过热。"

"明白了。"

　　男子点点头，接着忽然又想起什么似的说道："对了，你们的服装有点怪，干脆把我的衣服借给你们吧。请把它穿上。哟，还差一身呢。对了，我把我朋友带来，再把他的也借给你们。"

　　我合上开关，男子消失在线圈里，不久他便把他的朋友带了过来。大家彼此交换了衣服。然后，我把手表交给他。

　　"拜托您了。请您用这个表计时，三十分钟后再次合上开关，可千万不要忘记了。"

　　"没问题，您慢走……"

　　我跟助手接连跳进线圈环里。

　　"老师，穿过线圈的时候没发现什么啊。"

　　"嗯，我们要仔细观察。看看这到底是一个多么高级的世界。"

　　线圈从我们身边消失了，男子肯定临时关闭了开关。这时，一直环顾四周的助手纳闷地说道："好奇怪啊，也没什么了不起的嘛。比我们的房间差远了。"

　　的确，这个房间很粗陋，既不金碧辉煌，也不豪华气派。

　　"嗯。不过，如果全世界都金碧辉煌，自然就很想把室内弄得简陋点了。如此说来，那俩人的衣服也很简朴。也许正跟我们相反吧。在我们肮脏的世界里，人们总想把室内装潢得华丽一些，并总想穿些华贵的衣服。来，我们打开门，先看看外面的景色再说。"

可是，助手要去开门时，无论怎么推搡，门都纹丝不动。

"打不开，真奇怪啊！"

"是很奇怪，借给我们的这身衣服里似乎也没装钥匙，说不定连这开门的方法都有诀窍呢。没办法，看来我们只好先回去一下，问问那男子后再说。"

我们在这没有窗户的粗陋的房间里等了三十分钟。

可是，过了半小时，甚至又过了四十分钟、五十分钟，线圈环仍没有出现。

"麻烦了，难道那个男的把装置给捣鼓坏了？"

"唉，那可糟了，那我们俩不就再也回不去了吗？就算是拿到了金子和钻石，回不去又有什么用？怎么办？"助手慌了。

"别急，再等等看。说不定，那俩人觉得新奇，一不留神把时间给忘记了。或者，也许是表有点不准呢。"

可又过了两个小时，线圈仍未出现。

"老师，怎么办？"

助手心里发毛，不禁哭出声来。

"喂，你别哭啊！这意外让我也很头疼，但也并非没有回去的办法。"

"怎么回去？"

"我们只要在这里再做个装置就行，装置的设计图就在我大脑里存着。所以，只要我们找齐了材料，我们就能再做一个，然后就能回去了。刚才那人说，这个世界有很发达的文明，做起来一定很简单。"

"那倒也是。"

"可无论如何，我们得先从这房间里出去才行。"

我们俩齐心合力，又是推门又是砸门，甚至连脚都用上了。可是，门却纹丝不动。不久，大概是听到我们的动静了吧，只听见有几个人走了过来。我俩松了口气，正等待时，脚步声在门前停了，然后有声音说道："喂，又发神经啊？是不是不弄出点动静来就难受啊？"

"求你了，把我们从这房间放出去吧，我们被困住了。"

我俩大声呼喊。可是，门外的声音却十分冷淡："不行啊！”

"别啊，把我们从这里放出去吧。我们是从相邻维度的世界来的，被困在这儿回不去了，我们必须得赶紧造个装置。"

结果门外哄堂大笑："净想些歪门邪道，这患者以前就这样吧？"

结果另一个声音回答说："除了经常喊'放我出去'之外，俩人倒还算老实。好像一直沉浸在荒唐的幻想世界里，什么金碧辉煌的世界啦，我去宇宙旅行带回钻石来啦，等等。宇宙旅行怎么会实现呢？无非是个遥远的未来梦想而已。由于没人理他，这次他又想出个什么异维度之类的奇怪念头来。看来病情又加重了！"

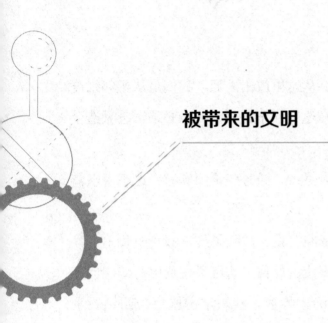

被带来的文明

这里是皮尔星某都市郊外的一处空港。每天都会有大量的星球居民聚集到这儿，大家翘首以盼，一脸担忧。

为了调查宇宙中未知的星球，一支探险队带着众人的期待，乘宇宙飞船飞向了太空。可预定返航的日子都过了好多天了，队员们仍杳无音信。

"到底怎么回事？"

为了赶走萦绕在心头的不祥预感，大家不约而同地凝望着天空，然后又不时把失望的目光落到远处高耸的山脉上。忽然间响起的叫喊声把大家心头的阴霾一扫而光。

梦 之 城

"收到微弱的无线电信号了。说是遇到了陨石群，船体和电源受损，不久就能着陆了。"

人们总算松了口气，再次把目光一齐投向天空，迎着发红的太阳光等待起来。

"看见了。"

有人用手指着远处的一个亮点说。那亮点越来越大，逼近空港上空。

"啊，的确是探险队的宇宙飞船。"

只见飞船渐渐接近大地。可是，情况却不容乐观。大概是事故的原因吧，飞船在剧烈地摇晃。

"一定要平安着陆……"

所有人目不转睛地盯着飞船，心里在默默地祈祷。

此时船内也在进行着殊死的努力。如果以生命为重，只让乘务员逃生的话，完全可以使用降落伞。但如果那样做，通过漫长的宇宙旅行所获得的珍贵资料将付之东流，还是平安地把它们带回来吧。

大概是大家的祈祷应验了吧，船体终于晃晃悠悠地落到地上。不久，持续已久的摇晃终于停了下来。

人们顿时都跑向宇宙飞船。随着金属舱门吱吱呀呀地开启，探险队员们矫健的身姿终于出现在大家面前。

"可把你们盼回来了。"

"其他的星球怎么样？"

"对了，有没有奇闻异事？快给我们讲一讲。"

人们急不可耐，纷纷询问着未知世界的情况。当然，这种情况也是意料之中的。队员们必须要对他们做一些简单回应。于是，一名队员便开口说道："我首先谈一谈让我印象最深的一颗星球吧，那是一颗被当地居民称为'地球'的星球。我们在那里受到了热烈的欢迎，感受到了他们那里很多珍奇的风俗习惯。"

"你快讲讲，比如说什么样的风俗？"

于是，那名队员便把手伸进兜里，拽出一样东西来，展示给大家："我也不知道究竟该从哪儿说起，不过，我带回一件他们所使用的东西。这是一种他们称之为'锁'的器具。"

"他们用这个来做什么？"

"据说，如果把这东西挂到房门上，自己能够打开这扇门，其他人却打不开。"

"好奇怪的东西啊，那些人为什么要制造这种东西呢？"

"由于太不可思议，我们就做了各种调查，最终我们得出一种猜测：似乎是防止别人进去随便拿走东西。"

"随便拿走东西？可是，他们为什么要拿走人家的东西呢？"

"他们满不在乎地给我们做了说明。他们说'这不明摆着吗？自己拼命赚钱买多累，还是偷拿别人的东西更省事啊'等。"

人们瞬间沉寂下来，大家都在思考这句话的意思。随着人们的顿悟，之前的感叹声顿时变成了雷动的欢呼声。

"啊？是吗？居然还有这么好的办法啊。"

"我们也太笨了吧。这么简单的事，为什么就没有一个人能想到呢？"

人们欢呼着，为这个新获得的知识而兴奋、狂热，其中甚至还有人高兴得手舞足蹈。

"这才到哪儿啊，让大家吃惊的事还在后面呢……"

说着，乘务员就把装在兜里从地球上弄来的啤酒起子、色子、手枪子弹等摆在手心里，给大家讲起其他的各种奇闻来。可皮尔星居民们的欢声雷动仍久久不能平息。

埃尔的临终奇遇

"**就**这样，我的事业完全失败了，借大家的钱也还不上了。摆在我面前的路只剩一条，那就是死。"

埃尔独自坐在桌前，就这样写完了给债权人的书信。埃尔的家地处郊外，屋外是一片静静的夜色，屋内则是他接二连三的叹息声。

接着，埃尔在抽屉深处翻了一会儿，找出一把旧手枪。手枪锈迹斑斑，不知道还能不能用，可他还是填入了子弹，这把破枪已经足够自杀用了。

"唉，多么无聊的一生。等下次转世的时候，真想换个好点的人生。"埃尔咕哝着。他平时就坚信人死可以转世，所以即使在临终之前仍未放弃这一想法。他打量了一下房间，想临终前再看最后一眼。这时，他的目光落在酒瓶里仅剩的一点威士忌上。

"那就喝完再上路吧。喝完后，我的财产就彻底清零了。"

他把酒倒进酒杯喝掉，清理掉他所有的财产。房子里的家具明天就要交到他人手上了，存款和现金早就没有了。自己所有的就只是那成堆的借债了，自己一辈子都还不起的借债。

况且为了重振事业，埃尔废寝忘食地四处奔走，结果把心脏都弄坏了。与其一面担心随时可能会发作的心脏病，一面不辞辛劳地去还债，还不如早点解脱，寄希望于来生呢。

这时，屋外传来一阵什么东西停下来的声音，接着响起敲门声。

"深更半夜的还有人来造访，肯定是来逼债的，也真是难为人家了。可我现在已经身无分文，不久连命都没有了，到底是哪个讨债人呢？"

埃尔掀了掀窗帘，往外偷看了一眼，只见黑暗中停了看不清具体模样的某种交通工具。虽然黑乎乎的看不清，不过印象中似乎没人开那样的车。

于是，他把目光投向大门，只见昏暗的门灯下正站着一名陌生的男子。

埃尔打开门内侧的锁。伴随着深夜的凉气，那名男子迈着奇怪的步子走进来，站在电灯下。

"您是——"

埃尔话没说完就闭了口，因为该男子的身上透着一种莫名的异样感觉。那种感觉跟房间里的任何东西都不一样。莫非是死神来接自己了？不过，埃尔很快就赶走了这种念头，继续说："不好意思，我现在不方便。"

无论谁来拜访，都只会是讨债人。埃尔甚至已形成习惯，只要见到人，他都会低头这么说。不料，对方也用异样的声音反问说："不方便？什么意思？"

"您肯定是债主，今天是来讨债的吧。"

"啊哈哈，原来是关于钱的事啊，那你就把钱这种有趣的东西给我说说吧。"

男子清脆的笑声让埃尔有点纳闷，他总觉得这个男的有点怪怪的。

不过，埃尔仍把这当成人生最后的一点善意。于是，他就把自己生意失败债台高筑、目前只有死路一条的事给对方说明了一下。

"所以，我今晚打算自尽。"

"原来如此。那我也真够幸运的，没想到能欣赏到这种光景。真是个好谈资，我太高兴了。那你赶快自杀给我看吧。"

这句话让埃尔有些生气。

"什么？"

"我是说你不要客气，赶紧死给我看。我是不会妨碍你的，我会乖乖地做个好观众。"

"你觉得我会让你参观吗？别人都穷途末路了，都要自杀了，你还有心情欣赏，你到底有没有人情味？"

"没有，我没有这种东西。喂，我很急的，你赶紧死给我看吧。"

埃尔顿时火冒三丈。

"你算什么玩意儿！反正横竖都是死，那就干脆连你也捎上，我要在自杀前把你也杀掉。"

说着，埃尔拿起桌子上的手枪就朝对方射击。枪声响起。可由于手枪破旧，弹道偏离，子弹居然打到了对方的腿上。男子吱吱呀呀呻吟着倒下，一边倒还一边说：

"喂喂，你不要胡来。"

可是，语气中却没有那种痛苦的感觉。埃尔十分纳闷，后悔自己开枪打他，就俯视着对方说："喂，疼不疼？抱歉，可你的话也实在是太伤人了。"

"不……不疼。"

对方的回答让埃尔十分惊讶。他俯下身，看了伤口后更吃惊了，伤口竟然没有一点血。

"这是怎么回事？假肢？"

"怎么会是假肢呢？我全身都是机器。"

听他这么一说，埃尔更仔细地查看了下伤口。果然，刚才子弹打坏的部分露着铮亮的齿轮和弹簧，还流着透明的油状物。埃尔重新拿起手枪，试着用枪把敲了下他的头。对方果然没觉得疼，还发出金属碰撞的声音。

"你是机……机器人吧？可是，这么精巧的机器人究竟是谁造出来的呢？以现在的技术根本就造不出来的。喂，你到底是从哪儿来的？"

"未来，你们的未来。我正在去过去旅行的路上呢。"

"你来自未来世界？难怪。如果是未来的话，倒是有可能造出你这样的机器人来，可你是怎么来的？"

"乘时光机啊，它现在就停在你家外面呢。"

埃尔想起刚才在窗外的黑暗中看到的那个奇形怪状的交通工具。

"原来是时光机啊！可你一个机器人，来我们的时代干什么？"

"未来完全是个和平的世界，一切都自由。可是，人们却毫不珍惜。"

"未来是不是也没有借债和病痛什么的啊？"

埃尔有了点儿兴趣。

"借债、疾病、失恋、争斗、不满、憎恶……所有的痛苦统统都没有。可是，所有人都不珍惜这种美好。于是，我就被派了出来，去调查充满痛苦的过去世界后做个报告，好让大家认识到，跟过去相比，我们的时代是个多么完美的时代。我已经收集了很多悲惨的案例，唯独自杀还没有看到过，所以就非常想看你自杀。"

一番话让埃尔目瞪口呆。完美的未来，没有一丝烦心事，甚至还有如此精巧的机器人。埃尔想象着未来社会的样子，羡慕不已。

机器人又说："看来，您的自杀好像要延期了。我实在没时间等，太遗憾了。稍有磨蹭，时空连续状态就会被打乱，回程的能量就会不够了，再见。"

机器人跟跟跄跄地站起来，拖着腿正要离去。

埃尔连忙叫住他："等……等一下。把我也带上，拜托了。"

"不好办啊。"

"有什么难办的？像我这样悲惨的人去你那边现身说法，不是比什么都强吗？"埃尔纠缠着对方。

"话倒是没错，不过，一旦去了未来，就不会让你再回来了。因为一旦让你再返回过去，跟人们讲了未来的事情，那历史就乱套了。"

"你不用担心，我已经对当下绝望透顶。如果去个没有贫困、痛苦、尔虞我诈的世界，还有谁会想回来？"

经过苦苦哀求，埃尔终于一起乘上了昏暗的时光机。随着一阵空间撕裂的声音，埃尔只觉得像被一片灰色的雾气包围了一样。于是，时光机在时间中朝未来疾驶而去。

"喂，到了。"

　　随着机器人的提醒，埃尔打量一下四周。在明媚的阳光里，一栋栋大楼井然有序，人们的表情中没有一丝忧愁，一切都有条不紊。这真是一个完美的、愉快的、超级棒的未来社会。

　　可埃尔不久就发现他处在一个可怕的世界里。这里的确没有贫困，没有痛苦，也没有不道德，因为所有人都是机器人，一切都是理所当然的，可埃尔却不是。而且食物也只有机油和电池……

马戏团之旅

"团长，刚才那个星球基地，大伙都很喜欢，真是太好了！"

我一面加快宇宙飞船的速度，一面跟团长搭讪。

团长点点头，回答说："是啊，不枉我们千里迢迢地赶来。喂，赶紧去下一颗星球，那边也一定急不可耐了。"

这艘被装饰得五彩斑斓的宇宙飞船就是我们的飞船。它现在正在太空中静静地前进，从一颗星球飞往另一颗星球。

我看了看表，说："啊，快到吃饭时间了。"

"是吗？喂，大家吃饭喽。"

随着团长的大声呼唤，邻舱里的几只狗一面用可爱的声音吠叫着，一面从船舱里跳了出来。

我俩训练这些狗，教它们马戏，组建马戏团，到各个星球去巡演。

从地球移居到其他星球从事开垦工作的人们，对我们的宇宙飞船早就期待已久了。

由于我们一直跟狗一起旅行，所以彼此间的感情甚至比跟地球上的人类都要亲。

狗很快就能领会我们的意思，我们也能从它们的叫声和动作中明白狗的心情。因此，从这颗星球到另一颗星球的漫长之旅倒也不寂寞，船舱内总是充满了祥和与欢闹。

可在这次旅行中，却发生了意外。

"团长，有件事不太妙。照这样下去，我们的口粮恐怕坚持不到下一颗星球了。"

"是吗？出发时要是再仔细检查一下就好了。事到如今，我们也无法返回了。对了，幸亏前边有颗星球。要不先在那里着陆吧，说不定能补给点什么呢。"

我让船体在那颗未知的星球上着陆了，然后瞧了瞧窗外，说："团长，快看那棵植物，上面结了很多香甜的果实。"

"真是天遂人愿。好，去摘吧。"

我们俩离开飞船，朝植物深处走去。此时，我们却遇到了意外的干扰。

一群龇着牙的狗忽然不知从哪儿蹿了出来，而且数量越聚越多，朝我们狂叫不已。

"不好，快撤！"

"看来，这颗星球上净是狗。"

我们仓皇逃回船内。

由于没带武器，我们根本无法出去。可我们又不想就这样飞离，开始一段饥饿之旅。

这时，船内的狗们提议：

"交给我们好了，我们去跟它们交涉。"

于是我们打开舱门，把我们的狗陆续放了出去。我们密切关注着事态的进展，只见我们的狗正在跟这颗星球的原住狗进行交涉。不久，大概是谈成了吧，我们的狗用嘴巴叼着那些植物的果实，给我们运来很多。我们总算松了口气。

"谈得很顺利嘛，你们是怎么说的？"

我们的狗回答说："我们只是如实地跟它们解释了一下。我们说，我们要到各个星球上演马戏，途中食物不够了，就落到了这颗星球上，希望能分享一些植物的果实。"

"太好了。可是，我们该如何答谢对方呢？"

"它们想看马戏，我们没法不演给它们看。"

真倒霉，居然遇上这档子荒唐事。

我们又不能不演。于是，我和团长就和着飞船播放的音乐，在狗们的指挥下表演起来。我们又蹦又跳，又是倒立，又是对打，一直折腾到筋疲力尽。

另外，第一次看马戏的原住狗似乎很开心，它们交头接耳地说："不错，你们把那两条腿的大动物训练得不错嘛。"

可爱的波莉

我是一名船员。

我年轻时就上船了，几乎把全世界所有港口都转了个遍。我长相一般，脑瓜也没一般人聪明。要是在陆地生活的话，我肯定会过得不如意。换到海上，每天只需凝望缥缈的大海，我就不用倒这种霉了。

我向来不喜欢乱花钱，所以也有不少的积蓄。

此外，我还忙里偷闲做些走私的活。据说，像其他船员那样的机灵人是干不了走私活的。而我却深得信任，什么毒品啦、宝石啦，他们全都交给我来做，我因此挣下了一辈子都花不完的钱。

可像我这样的男人，就算是有再多的钱，也不会像其他人一样能得到女人的青睐。

于是，我决定攒更多的钱。

因为就算是没地方花，攒钱本身也是乐趣，但让我必须放弃这种做法的时刻最终还是到来了。

起因是我在地中海的某个小码头上做了个文身。

船上的同伴大都有文身。他们不是文个蛇，就是文个船在身上，只有我还没有文。于是我也想文一个，没想到却犯了错误。

而我的错误还不止于此。因为我还想，既然要文，就文个与众不同的，绝不文那种谁都会文的大路货。

"您要什么图案？"

一名吉卜赛老女人在昏暗的小屋深处一面翻着图案样本，一面问我。

当时，我突发奇想地说："给我文一棵圆白菜。"

在我的记忆中，我还从未见过有文圆白菜的。我有点得意。可是，正当我开始担心这要求是不是太过奇葩，会不会遭到耻笑时，那名吉卜赛老女人忽然脸色大变，开始劝阻我。

"别的都能做，就这个不能做。"

我虽然脑子有点笨，但跟大家一样也有股牛脾气。越不让弄，我就越想弄。

于是，我就扯了个谎："不。我一直就有这么个愿望，要文就要文棵圆白菜，但因为其他文身师都不文，所以才拖到今天。"

"所有人都不做，那是因为这个不能做。"

"你肯定也是因为不会做，所以才这么说的吧。"

"不是我不会做，而是做完后您会倒霉的，会后悔一辈子。"

"没关系，我就是想跟同伴们显摆一下。钱没问题，你一定要给我做。"

我觉得平时也没有花钱的地方，于是就说服了吉卜赛老女人。最终，她在我的左上臂文了棵圆白菜。

对方的技术非常好，乍一看，它甚至有点立体感。我回到船上后，就立即跟同伴们炫耀。

可是大家全都目瞪口呆，并没有像我想象的那样赞不绝口，我有点失望。

我很快就发现事情有点不对劲了。从当晚起，那文身部位就奇痒无比，我不断地挠，大概是因为碰了海水吧，伤口竟开始流脓，于是我缠上绷带。本以为两三天就会痊愈，可解下绷带一看，我发现一个奇怪的现象：圆白菜不见了，胳膊上居然出现一张女人的脸。

女人的脸跟起初的圆白菜一样，立体感特别强，栩栩如生。我试着用手指戳了戳，那张脸似乎还会觉得疼。于是，我急忙给同伴们看。大家纷纷转过脸去，没人理我。能够拥有一个会做表情的文身，这简直太绝了！可为什么没一个人夸我呢？大概是因为那女人脸不太漂亮吧。

可接下来发生的事就更倒霉了——我被解雇了。不久，船长就对我宣布说："回港后你就别干了，大伙都说你在船上影响他们干活。"

我怎么求都不行。看来吉卜赛老女人所说的倒霉就是被开除一事了。毫无理由地被解雇，这也只能说是倒霉了。

我买下一处小房子，打算先在陆地上生活一段时间。此时，胳膊上的女人的脸逐渐肿了起来，感觉就像长了个瘤子，倒也不疼。

女人的脸越长越大，还不时眨起眼来，可这张脸并不漂亮，也一点不可爱，于是我生起气来。要是这张脸再美些的话，说不定我就不会被炒鱿鱼了呢。

我火冒三丈，从旁边抄起一把刀子就削了起来，没想到一下子就给削掉了，心里总算松了口气。我在院子一角挖了个坑，把这张人脸埋了。

可是，事情并未因此结束。不久，伤口痊愈，再看胳膊时，女人脸居然又出现了。虽说跟以前的那张不一样，不过这次的仍算不上是美女。

能不能让她变得更漂亮些呢？于是，我就用晾衣夹夹住那张脸的鼻子，静观其变。过了一星期左右，脸凸显了出来，于是我松开夹子，结果，那鼻子变得比原先更矮了。

也许做个整形手术就能搞定。不过，让医生看了后，说不定又会让人说长道短呢。就像在船上时那样，让人一顿冷嘲热讽就糟了。

于是我买来一大堆化妆品，给这张女人脸涂脂抹粉，还给她涂了口红。开始时，还挺好玩的，可无论我怎么弄都没什么效果。我死心了，反正一张丑女的脸怎么捯饬都没用。最终，我再次胡搞起来，再次割掉了那张人脸。我有点绝望，难道这张丑女脸要折磨我一辈子？

我把割掉的人脸扔进废纸篓。人脸逐渐干枯，当干得一碰就碎时，幸运终于降临了。这次出现的女人脸终于变成了美人脸，我决定好好呵护她。

如果换作是大家的话，想必大家一定会继续割掉，然后想换一张更美的脸出现吧，可我这人还是有自知之明的。这样我就能接受了。

接连好几个晚上，我睡觉时尽量不把左臂压在下面。她长大肯定需要营养，于是我就加大了饭量。功夫不负有心人，那张脸果然长得更快，凸得也更高了。同时，美丽也随之增加，一定是我的倾心付出获得了回报。她的头发也变得浓密起来，细长的眼睛也越发迷人起来。

"喂，你怎么样？"

我不由得冲着脸打起招呼。没想到，那张脸竟张开可爱的小嘴小声回答起来："什么啊？"

这完全是一个新发现。因为以前我不跟那些女人脸说话，所以才没发现这一点。

"你叫什么名字？"

"您随便叫。"

我从来没有遇见过这么顺从的女人，这让我高兴极了，毕竟在船上交往过的女人个个都瞧不起我。

"我就喊你波莉吧。波莉!"

我吞吞吐吐地试着叫了一声,心里有点激动。

"什么?"

"虽然我长得毫不起眼,不过你休想逃走。"

"放心吧。"

女人嫣然一笑。我这才意识到,她就长在我的胳膊上,想逃也逃不掉。于是我也笑了。我这么一个笨脑瓜的丑男人也有自己的女人了。

"波莉,有没有希望我做的事情?"

"我想吃点心。"

"没问题,我马上给你拿。"

我拿起一块糖果,放进她的小嘴里。

"谢谢,真好吃。"

我每天都跟波莉聊天,喂她点心并通过这种方式打发日子。

波莉很乖,是个好姑娘。我每天喂她很多点心。她开心,我也很快乐。

波莉一点点长大。她也逐渐适应了我,也经常主动跟我聊天，还变着花样让我给她买好吃的。

我给商店打电话，让店主把她想吃的全给送了过来。
我暗自庆幸，在船上幸亏没乱花钱，把钱全都存下来了。

"你不用客气，我有的是钱。"

波莉听了很高兴。

我现在才明白，吉卜赛老女人完全是胡说八道。世界
上还有比这更幸福的事吗？

我的波莉越长越美，越长越大……

我久违地上了趟街。由于每天都跟波莉纠缠在一起，
我都很久没逛街了。

突然传来一声口哨。

我一回头，只见做船员时的一个同伴正踉踉跄跄地走
过来。我本想热情地跟他打声招呼，没想到他先招呼起
来："哟，小姐，叫什么名字？"

"波莉啊。"

波莉抢先回答。

"要不要一起去喝一杯？"

他凑上前来。

我大声跟波莉说："咱不逛了，快回去。"可我的声音太小了，波莉似乎并未听到。她还从手提包里拿出个创可贴，强硬地贴到我的脸上。

签约者

我是一个恶魔。我刚在熊熊的地狱之火旁把烤肉用具准备好，就被魔王发现了。

"少给我偷懒。光知道吃，一点都不懂得往回拿！赶紧给我到地面上抓人去！"

王命难违。于是，我便出现在地面上，还在铁路旁发现一个孤零零的、站在那儿发呆的男人。正中下怀。这家伙一定是想卧轨自杀。

于是，我跟他打声招呼："喂，等一下。"

"不，别拦我。拦人倒是轻松，可是你会给我钱吗？这世道从来都是这样，你肯定也属于那一类。"

太好了，正中我的下怀。如果不是那种诅咒社会的人，我这边还不好办呢。

"言之有理。你一定要长生不老，不能这么白死。我也会尽一点绵薄之力，帮你一把。"

"你还挺识相的。不过，你肯定不会白帮吧。"

"只要你在死的时候，把灵魂交给我就行……"

"啊哈哈！没想到灵魂这破玩意儿居然还有担保价值。好，我答应你。"

"那好，成交。"

说罢，我把他带到了赌场。

"太棒了，简直就像是做梦啊！这么说，你还真是恶魔啊！那我死之后肯定是要去地狱了？讨厌，契约取消。"

"那可不行，啊哈哈！"

一切尽在我掌握之中，他能赢下所有的赌局。不过，为了驱散地狱之行的不安，他肯定会拼命乱花钱。越乱花钱，他就会越堕落。这样一来，我们的顾客就会越来越多。

为提高效率，我跟另一个人也签了约。种子加倍了，收益自然也会翻番。我刚笑嘻嘻地返回地狱，头顶就有人喊："喂，恶魔，过来一下。"

听到有人喊我，我立即返回地面，只见我的两名签约者并排站在那里。

"咦，你们俩怎么凑一块儿了？不过，我可把话说在前头，你俩是不能解约的。"我郑重警告。

可那两人说："不是解约。下面我们俩要一决高低。至于结果嘛，你在一旁就好好看着吧。"

"等……等一下。你这么一搞，岂不是降低了我恶魔的信用度？我会帮你们的，你们俩都给我打住，我会想办法的。"

"是吗？那你必须还像以前那样，让我们继续赚钱。你得保证，当我们死的时候，把我们带到天堂去……喂，你还有什么不满意的？反正我们会好好散布坏风气，把更多的人送进地狱的。"

就算是被他俩这么逼宫，我也不能不服从。这都什么事啊，最近的签约者怎么都这么狡猾了？我要是人类的话，一定会怒骂一句："你这个恶魔！"

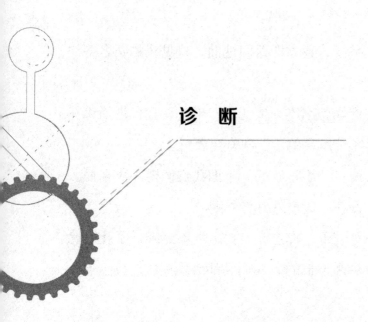

诊 断

房间里没别人，只有这名青年躺在床上，一直在想心事。不久，他睁开眼睛，脸上现出一种痛下决心的表情。他站起来，走到门口，大声地喊着："护士，拜托，请过来一下。"

不久，脚步声在门旁停下来，声音变成了女声："怎么了？这么大声。"

"请务必让我见见院长，我有话要对院长说。"

"你怎么回事？又要胡来？院长可是很忙的。如果还是以前那些话，那就等院长不忙时再说吧。"对方的回答十分冰冷。

青年并不气馁，继续说道："别啊，请设身处地地为我想想。一想到这样的状态要一直持续下去，我就坐立不安。我已经忍到了现在，我也曾设法放弃过，可我做不到。即使在这期间，计划也肯定在外面按部就班地不断推进。如果置之不理，结果将无可挽回，我必须及早采取措施加以阻止。"

"可是，院长和你见面也不止一次两次了，该说的也都说了，对吧？最近你见面的次数增加得也太快了吧？"

"求你了，今天绝对能完美解决。就算是最后一次，我也无怨无悔，请务必让我见见院长。"

"那我去问一下。"

过了一会儿，门旁的女声又响起："院长说可以见你。不过，拜托你快点，不要浪费时间。"

"明白。"

门开了，青年跟着护士朝院长室走去。在院长室门前与护士分开后，男青年敲了敲门。

"请进。"

他走进去，在一张大桌子前的椅子上坐下来，跟院长对坐着。

"啊，你的心情怎么样？"

年长的院长笑容可掬地跟他打招呼。青年却笑不出来，急切地说："请随便找个理由把我从这儿放出去。我是健康的，根本就没有精神病。这一点我想你们也很清楚，这种生活我已经受够了。"

"啊，请少安毋躁。如果真的痊愈了，我们随时都可以放你出去。我也在祈祷着这一天早日降临呢，可现在还不能放你出去。"

青年用手拍着桌子："胡说，这全都是你和我伯父凭空捏造的，是你们俩合谋把我关到这儿的。我被放出去之际，就是我的财产全被瓜分之时。你之所以不敢立刻放我出去，就是害怕这一点。快放我出去！"

"请你冷静，你又犯了妄想症了。你什么都好，就是这妄想症不好。只要静养一段时间，很快就会痊愈的。"

"你总是这副嘴脸，很快、很快，你都说过多少遍了。你这看似善良的嘴脸下，不知藏着多么凶残的企图呢。喂，伯父到底给你分了多少？"

"你冷静一下。你要再胡闹，就再把你送回病房。"

"太过分了。我明明好好的，你们根本就没理由把我关在这里，还没诊断就关人。"

"你要是想看诊断书的话，我可以给你看。如果说看了就能心安的话。"

院长从椅子上站起来，从房间一角的书架上抽出一份文件，交给青年。青年接过来，端详了一阵子。

"我就知道你会这样。这是你的诊断吗？像这样的，随便怎么都能写。你跟我伯父串通一气捏造的假诊断，就算是骗得了我，也骗不了天下。"

院长沉下脸来。

"放肆，这完全是正确的诊断，无论让谁看都是可信的。好了，放下诊断书，你可以回病房了。"

青年摇摇头："不行，这诊断书我不能还给你。"

"喂，我实话告诉你。就算是你不还我，我还会再制作一份。并且，如果真像你所想的那样是我们随便杜撰的话，那你就更没必要拿着它了。你自己也知道是无理取闹。好了，乖乖地回病房吧。"

可是，青年并未返还诊断书，反而笑着说道："我就是想要这玩意儿，你知道我想用来干什么吗？"

"不知道，你什么意思？"

"你跟我伯父串通一气，把我折磨得这么惨。这件事我一辈子都忘不了，我一定要复仇。可是，既然无论如何都出不去，最起码得让你吃点苦头才行。有了这诊断书，无论我干什么都无罪了。怎么样？我现在还算是精神不正常吗？"

青年得意扬扬地边说边扑向院长，一把掐住院长的脖子。

院长在失去意识前，还是设法碰到了警铃。

医院的人立刻冲进来，制服了青年，然后带走了他。

"啊，好险啊！那名患者的头脑居然这么聪明。"

院长长舒了口气，自言自语道："是啊，那家伙头脑是很聪明，人也很认真。他唯一的问题就是妄想症，妄想自己有笔巨大的财产。"

在昏暗的星球上

除了在漆黑的玻璃板上撒上无数宝石并将它们冰冻在上面之外，宇宙再也做不出其他表情了。微弱的星光汇集在一起，为这个黢黑的布满岩石的小星球带来一点点的光明，这其中当然也夹杂着太阳的光。不过，就连在地球上象征着光明和希望的太阳，一旦距离拉得太远，也照样失去光辉，无法送来温暖。这里永远只有寒冷和傍晚。

一切都归于静寂之中，可就在沉积于地表上的重气体中，有个东西却在蠢蠢欲动，动静越来越大，最后又归于一个微弱的声音："这里看不到地球吗？有没有人帮我找一下那颗蓝绿相间的星球啊？真想好好地观望一下。"

声音在气体中扩散开来。过了一会儿，有一个沙哑的声音从稍远处传来：

"喂，你就别做美梦了。我们已经没必要思考了，甚至连动的必要都没有了。"

"也是啊。可是，头脑这种东西天生就是用来思考的啊。要想不思考，这比登天都难哟。"

在微弱的光线中，一个金属色的影子缓缓地倒下，发出一阵微弱的金属响声。

"难道，我们机器人全都是这种下场吗？"

"是啊，没错。我们这些机器人知道地球主人太多隐私了。地球上没有丢弃我们这种旧机器人的垃圾场。"

"那么，把我们分解不就行了吗？"

"可是，他们还是担心啊，担心我们在被运往分解工厂的途中有人来打听啊。"

"那扔到高温炉里，亲眼看着熔化掉也行啊。"

"可是，毕竟使用了我们那么长时间，他们还是于心不忍。人类这种东西真让人看不透啊，要为我们找一个丢弃的地方，想必只能考虑宇宙空间了。"

四周的昏暗仍在继续，没有丝毫变化。

"可是，我们漂流到这种星球上，这到底是怎么回事呢？"

"这么多的机器人在宇宙中漂流，要么被太阳吸走燃尽，要么消失在宇宙的尽头。不过，在漂流的过程中，有一些也会被吸到这颗星球上来。这里好像有股很强的磁力，于是就把我们金属材质的身体给吸过来了。"

"既然这样，除我们之外，这颗星球上肯定还会有别的机器人，也不知他们都在做什么。"

"那边不远的岩石后面就躺着一个，不过你跟他打招呼也没用。他好像很久之前就漂了过来，已经没力气回答了。"

"奇怪，我们机器人的零部件不该这么快就失去功能啊！"

"那是因为沉积在这地表的气体中含有腐蚀金属的成分，慢慢地就把零部件给腐蚀了。然后，所有零部件都无法工作了。"

在单调而冰冷的声音中，对话仍在继续："那最后剩下的部分是哪儿呢？"

"好像是用作记忆和思考的部分，因为这部分用的是不容易生锈的金属。岩石后面的那位，动是不能动了，可说不定这部分仍在工作呢。"

"既然这样，他到底在思考些什么呢？"

"大概跟我们一样，也在想在地球上曾经服侍过的主人吧。如果能听到主人的声音，说不定他现在还想站起来呢，虽然已经没有了那份力气。"

对话中断了一会儿。不过，这颗星球上仍只有静寂，其他任何东西都无法填补这段空白。

"主人？你的主人是个什么样的人？"

"这个问题啊，还真不好回答，毕竟人类全都是那样。主人跟他的太太都很浪漫，都很认真，都很狡猾，也都很脆弱。你的主人怎么样？"

"也一样。人类这种东西，基本没什么差别的。他们都不想让别人知道自己的私生活。我实在想不明白为什么会是这样。"

"我也搞不懂。"

对话又中断了一会儿。

"这里是不是再也没有会动的东西了？"

"嗯。不过，也不是没有。要不，我动两下给你看看？我带来了一段录有主人声音的磁带。只要把这东西搁到耳朵上重放就行了。我现在就放给你听一下。"

一名机器人在昏暗中站起来，他想动。可是，随着一阵吱吱呀呀的声音，他只是跟跟跄跄地走了两三步后就轰然倒地，激起一片微弱的尘土。不一会儿，连这尘土都很快消散了。

"不行。手脚已经不管用了，看来气体腐蚀得太快了。"

"那就是说，不久之后，我们所有的部分就都不能动了。"

"估计是这样，你现在的声音就比刚才沙哑多了。"

两个机器人仍躺在那里，凝望着天空。

"喂，那不是地球吗？那不是绿色的吗？"

"哪个哪个？你傻了吧？气体是不是已经侵入你思考的部分了？"

"你胡说些什么，是你的镜头歪了啊！"

二人彼此发着沙哑的声音，声音中似乎还带着笑声。

"对了，在完全失灵之前，有件事我想问问你。如果你身体的一切活动都停下来，你怕吗？"

"这种事还用问吗？还什么怕不怕，我们机器人有这种感情吗？你怎么会突然问起这个来？"

"我在想，我要是能弄明白人类怕死的原因就好了。可是，这一点我们是无法做到的，真无奈。"

"好像更黑了啊！怎么回事？星星消失了？"

"是吗？肯定是感光部分开始生锈了。"

"终于走向结束了。趁现在还未失灵，赶紧先跟你打个招呼。再见。"

"啊，再见……"

沉寂的时间在昏暗中不断流逝。不久，也不知是谁发出了一声"喂"。可没人知道这究竟是有人刻意在打招呼，还是发声装置的自然结果。反正连回答声也没有了。

又过了不久，大概是连螺丝部分也被腐蚀掉了吧，只见弹簧般的零部件颤抖着向四处飞去。之后，就再也没有发出声音来，永远……

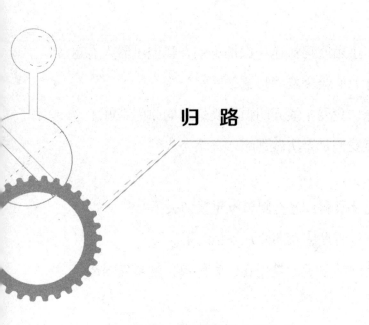

归 路

"**啊**，终于联系上了！"

仪表的指针忽然振动了一下，我不禁大叫起来。聚集在身后的相关人员也全都紧张起来，这里是宇宙通信总部。楼顶的大型天线已开始从宇宙中接收电波。

"这里是地球总部，请回答。"

我扭动旋钮，一面提高着声音，一面发问。随着阵阵杂音，一个微弱的声音传了进来："我们是探险队宇宙飞船，已完成对红色行星的调查，现在正飞往地球。"

声音很熟悉，是我的一名部下，参与探险的宇航员。

"是吗？那就是说，你们达到目的了？"

"是，基本完成了调查，现在全员都已踏上归途。"

"太好了！全员平安，可喜可贺。"

"不，并非全员平安，目前健在的只有我一个。"

"这是怎么回事？因为疾病吗？"

"嗯，差不多吧。"

对方支吾起来，对话一时中断。

"喂，到底是怎么回事？"

"事情完全出乎我们的意料。没时间了，我简单报告一下，一切都源自我们在那颗行星上采集的一种红色黏稠液体。在归途中，我们的一名队员正要对其进行分析，不料液体沾到了手上。尽管我们立刻进行了消毒……"

"结果怎么了？"

"结果，他的身体立刻从手上开始溶化，最后竟然化成了一堆红色的黏稠物。"

"啊，好恐怖的现象，有没有尝试治疗？"

"当然。我们尝试了所有的治疗手段。可后来，连帮他治疗的同事们，也都一个接一个……"

宇航员化成的一堆堆红色黏稠物在火箭内漂来漂去，光是想象一下都让人瘆得慌。

"景象一定很瘆人。"

"是的，无比瘆人。不过，不久之后就不瘆人了。"

"为什么？"

"待在驾驶室里的我得知事态后，立刻就关闭了舱门。可是，估计我也撑不了多久了。红色黏稠液体已经从舱门的缝隙里渗透进来，仿佛对我这个曾经的同事无比留恋似的。舱内已经无处可逃，液体最终还是粘到了我的脚，我必须把这件事报告给地球。为此，我在努力地操纵飞船。我已经尽力了。啊，已经溶化到腰部了！今后，请大家无论如何都绝不要接近那颗星球！"

"明白了，我立刻派搭载治疗小组的宇宙飞船去接你。"

"不行！不能接近，太危险了。恐怕无药可救。如果在这种状态下被带回地球，一定会造成混乱的。"

"那该怎么办？"

"我打算过会儿就把这飞船炸掉，我已经做好准备了。"

"可是，这样太……"

"我也不想死，可是除此之外别无他法。啊，溶化到腹部了！"

"谢谢。"

除了这两个字，我们无话可说。

"啊，地球好大啊，好美啊！真想再在大地上走一次，也真想再次跟您见面。可是，一切都是奢望。好了，通信就此结束。再见……"

爆炸声随即传来，电波中断。所有人的呼吸瞬间停止，房间里的空气也瞬间加重，凝滞了大家的动作。

离开总部后，我的心情很沉重，脚步也很沉重。一想到刚才四散到宇宙中的部下们，我就再也无力仰望天空。我低着头，自言自语："真想再见他们一次。"

我忽然停住脚步，仰望天空。美丽和神秘的星星仍跟往常一样布满天空。

"奇怪啊，难道是雨滴？"

我忽然有些纳闷，只觉得刚才有一滴凉凉的东西落到了我的脖子上。我摸摸脖子，无意间看看手心，只见手心里有一滴红色的黏稠液体，满含着无比留恋的深情……

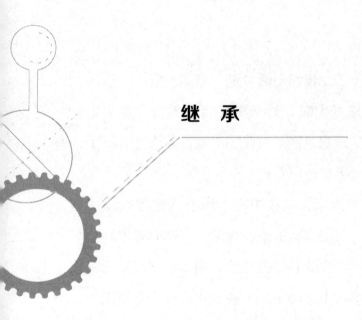

继　承

躺在床上的老人嘴巴微微翕动着。科学再发达，人类寿命再怎么延长，仍逃不过一死。这个世界上屈指可数的老富豪也不例外，死神已经悄然来到他身边。

他的喉咙上戴着一个银色的装置，可以把平时微弱的说话声放大，好让别人听到。

"喂，给我接通公司秘书的电话。"

坐在床边椅子上的一名身穿白大褂的护士站起来，微微弯下腰，制止了他："您不能劳累，现在您的身体太虚弱了。"

"我知道。可是，我无法停止发号施令。快，快给我接通公司电话！"

凭经验，护士知道自己无法阻止这种要求。一个濒死的老人，最好让他做点喜欢的事情。她拿起电话，拨下公司的号码，电话打通了。

"啊，接通了，请！"

老人高兴地说起来。声音虽微弱，但说话内容却很明确。

"啊，是我。昨天指示的向啤酒公司投资那件事怎么样了？是吗？好，这还差不多。那你还有什么问题需要报告吗？"

老人说了一会儿，又听了一会儿。打完电话后，他的身体明显更加虚弱了。护士挂断电话，对老人说："您累了吧？让我给您打一针吧？"

"嗯。"

在注射装置的作用下，红色的药液正往他干瘦的皮肤里注入。

"来，请安静地休息一会儿。"

老人闭上眼睛，护士返回椅子。宽敞豪华的病房里只有时间在静静流逝。

老人再次睁开眼，伸手朝枕边一个有很多按键的装置摸去。由于肌肉已经萎缩，他几乎完全丧失了力气，费了半天时间才够着。老人终于碰到其中一个按键，尽管他已无力去按，不过，这按键有个功能，只需触摸一会儿，就能收到跟按下去相同的效果。

　　随着一阵金属般的悦耳声音响起，窗帘拉开了，恬静的田园风景出现在窗外。

　　一片绿色的牧场，草原绵延起伏，几只白色的羊正在低头吃草。一只狗在稍远处跑来跑去，羊群也随着小狗的跑动而移动。每次羊一动，羊脖子上的铃铛就会发出悦耳的声音。牧场有条小路，路旁开满了夏季的小花。远处是一片森林，森林旁边有一只很大的蝴蝶在飞舞。或者，那不是一只蝴蝶，而是一只小鸟。

　　老人定定地望着窗外出神。

　　"啊，您开窗了啊！"

　　"是啊，我的生命不多了，所以我想好好看看这个世界。可我好像按错了键。"

　　老人稍稍移了下手指，摸了摸另一个按键。窗外的景色暗淡下去并逐渐消失，只剩下灰色的玻璃。安装在窗外的立体投影仪能为这个大楼的每个房间带来任何景色。城市里全都是千篇一律的大楼，倘若没有这样的窗户，人们一定会闷死的。

接下来，窗外又变成了海岸的景色。黢黑的岩石让人越发感到拍岸浪花的洁白。窗户上的小扬声器适时地发出阵阵波涛声，旁边的通气口不时地把海风的气息送进室内。

"原来您想看的是这个啊？"

"不，还是按错了。不过，以后连这个恐怕都眺望不到了，那就再看一会儿吧。"

老人想深吸一口海风的气息，可他已经没有这个力气了，他再次摸向另一个按键。

"就是它，这才是我一直想看的……"

出现在窗外的是一片黑暗的宇宙光景。老人的眼中泛出一丝蓬勃的朝气。

星星们在彼此争辉，银河一片静寂。地球则浮在窗户的左侧，微微闪着蓝光。

"原来，您是想看看宇宙啊。"

"是啊，我的青春全都消耗在这宇宙之中了。"

老人凝望着窗外，往事一幕幕闪过大脑。年轻时为了追求成功，他曾驾驶着宇宙飞船飞遍太空。在太空里，他眺望着地球，梦想着能在地球上过着安乐的生活。

这时，一块拳头大小的陨石缓缓划过，一块不知从哪儿飞来，也不知会飞向哪儿的陨石。

可即使看到这个，老人也不愿将其视为人生虚无的象征。对年轻的那股留恋劲儿实在太强烈了，只有这些回忆才是他唯一的朋友。

"多么令人怀念的光景啊。"

"啊，作为一个孤儿，那时候的我根本不知道那里有什么，也不知道自己活着会有什么用。只有这宇宙才是我活着的唯一希望。"

早年，他的父母就在宇宙飞船事故中丧生，从那以后，他再也没有亲人了。由于家境贫穷，想要出人头地就只能迈向宇宙。可是，这样的年轻人不止他一个，还有很多。那是一个淘金热的时代，仿佛从鱼篓里跳进大海的一群鱼，宇宙飞船纷纷飞离地球。

"幸运的是，您获得了成功。"

"是啊，那是因为我付出了艰辛的努力。"

尽管老人坚信成功是自己努力的结果，可事实上，他的成功用幸运来概括更为准确。在从地球迈向太空的人当中，有好多人因事故而死，还有的因此而失踪了。

人们很容易会想：只要愿意冒险，或者只要走得更远，获得的成功就应该更大。还有好多人根本就是漫无目的，急匆匆就飞向了太空，并逐渐老去，然后蓦然回首，又返回地球，继续过平凡的生活。不过，老人的情况却不一样。

"对了，记得有一次，在我青年时代后期，我偶然间登上一颗小行星，正是这次行动才带给我成功。在那里，我无意间捡到一块岩石，这块岩石含有某种极富弹力的金属。我抱着极大的兴趣把这块岩石带回了地球。"

他努力分析这块岩石，研究它的合金含量、受宇宙射线的影响等，最后用人工方式成功复制，终于生产出了一种极富弹力的合金。

"为了这一事业，我付出了所有的努力，把我的一生都投入到赚钱这件事上。"

"那您为什么要那么拼命地去赚钱呢？"

"为什么？人除了赚钱还有别的事可做吗？"

"比如，爱情之类。"

"这些都不是问题。倘若我看重这些的话，我也就不会去宇宙了，也不会取得今天的成就。我现在拥有巨额财产，能有这样的一生，我一点也不后悔，我很满足。"

"可您没有家人啊，难道不感到孤独吗？"

"我不这么认为。我借助财力控制着很多人，那么多的公司和团体全对我唯命是从，我从未感觉到寂寞。"

"难道……您心里就没有一点遗憾？"

她刚说了半句就把剩下的话咽回了肚子，当着病人的面谈论死是不好的。不过，他并未在意："没有……"

他喃喃自语着，望着满窗的宇宙风光出神。地球微微动了一下，月亮出现在画面里，发着黄色的光。

护士再次返回椅子，垂下眼帘。把自己的一生全耗费在成功和赚钱上，而且死到临头仍为了赚钱而不停地下命令，这样的男人实在让人不理解。

"喂。"

老人喊了她一声，她赶紧答应一句："啊，您有什么事？"

"你把律师给我叫来。"

"好的，知道了。"

她拿起房间一角的电话，与律师取得了联系。

"对方说，不久就会赶到。"

"嗯。"

老人一面回答，一面仍望着窗子上的风景出神。

不久，门上的指示灯闪了一下，通知有客来访。护士起身开门，是一名男子，就是刚才联系的律师。律师小心翼翼地走近病床，表情僵硬地跟老人打招呼："是我，说是您叫我来……"

"没错，我已经活不久了，所以就想请你过来一趟，商量一下我的身后事。"

"不，没，您好着呢，别说这种丧气话。"

"不，我不需要安慰。我很清楚，我已经活不长了，所以我要提前处置一下我的财产。"

"好吧，具体是怎么个处置法？"

律师越发紧张起来。因为对老人巨额财产的去向问题，不只是律师，其他人也都十分关注。老人既没有妻子、儿女，也没有亲戚，如果不做处理，他的财产将会属于政府。可是，只要有遗言，就可以根据遗言来处置财产了。

"为避免我死之后出现混乱，所以我现在要指定一下遗产的赠送对象，所以要劳你费心了。"

"您放心，我一定会依法处置，完美地处理好。那您打算如何处置？是想捐赠给研究所或是慈善团体吗？"

"不，不是这种捐赠。其实，我指定的是……"

说到这儿，老人缓了一口气，连毫不相干的护士都不禁竖起了耳朵。

"您要赠给谁？"

"不是人类。"

"什么？不是人？"

律师不由得反问一句。

"不用惊讶。以前也应该有过这种先例的，把自己的财产赠给狗或者猫等宠物之类。"

"有倒是有，不过，这种做法可不符合您的性格啊。把这么巨大的财产送给宠物……"

"别急，我并没有说要赠给宠物。我一直以来也没有养宠物的兴趣。"

"那您到底是什么想法？"

律师迷茫地眨着眼睛，盯着老人的脸。难不成，这老人死期临近神经错乱了？

"干吗用那种眼神看我？我还没糊涂呢。喂……"

老人吩咐护士，让护士把脑电波测量仪放在他头上。仪器指针随之转动起来，显示老人的意识正常。律师看后这才点点头。接着，老人又吩咐护士："你把角落的那个银色箱子给我拿过来。箱子有点重，不过带着轮子，你把它推来就行，很简单的。"

"好的。那箱子您放了很久了，到底是什么啊？"

"这你就不用管了，赶紧给我弄来。"

护士很快就把银色箱子拉到了床边。箱子是白金做的，上面的雕刻发着耀眼的光芒，不由得让熟悉老人的人想起他年轻时的目光。

"那是什么箱子？"

连律师都不由得问起来。

"我的继承人。"

老人断然说道。

"啊？里面……里面装的不是文件之类的吗？"

"里面的东西根本不是文件，而是一个精巧的装置和启动该装置的核电池。继承我财产的就是这个装置。"

"啊？这个机器？"

"我应该可以把财产送给指定的对象吧？"

"可以倒是可以，可为什么要送给这机器呢？"

"什么叫这机器，我希望你注意一下自己的措辞。他很快就是我的继承人了，即使在缴纳继承税之后仍是屈指可数的大富翁。"

"是。"

"如果你愿意的话，你也可以按照跟我在世时一样的条件继续给他做法律顾问。怎么样？"

"是，求之不得。那我现在就帮您立遗嘱。"

律师取出一台小型录像装置，把带着脑电波测定仪的老人形象录入机器。同时，他还用无法更改的录音带记录下了老人的话。

"好，这样就行了。"

"啊，我也松口气。这样我就可以安心地死了。"

"对了，这台机器具有什么功能？"

"我这辈子一直忙于赚钱，除了赚钱，我没有任何兴趣爱好，让财产增值是我唯一的乐趣。所以我就想，能不能有一种方法让我死后仍能继续赚钱呢？于是，我就花费重金制造了这台机器。这是一种精巧的人工智能装置，在赚钱方面跟我一样，不，甚至比我的判断还要正确。"

"具有这种能力？"

"对，它可以让我的遗产继续增值。我一直为没有老婆、孩子而高兴，要是把财产留给一个虚荣心极强的妻子或是败家的孩子，结果还不知道会怎样呢。可是，我留给这台机器后，就绝不会有财产的浪费和损失了。"

律师无言以对，不住地打量着老人和机器。一边是干枯的老人，一边是金光闪闪的包裹在白金中的机器装置。看似两者毫不相干，可不久后，后者就是老人唯一的继承人了。

老人继续说道："你每周都到这箱子前来一次，这箱子会给你安排工作的。你要唯命是从。当然，费用和报酬肯定会支付给你。不只是你，所有人都要向这个箱子汇报工作，根据它的指示来经营证券，推动所有工作顺利进行。我的愿望就是拥有一个优秀的继承人，继续帮我赚钱。现在，能够满足这两个条件的装置终于研制成功了。我已经死而无憾了。"

老人会心一笑，脸上浮现出满意的表情，再次把目光投向窗户，他已经无力转动大脑了。

护士见状，说："您似乎累了，再给您打一针吧。"

可是老人却拒绝了："不，算了，就算打针也顶多撑个两三天。我已经没有遗憾了，不需要注射了。"

窗户上的宇宙风光依然在静静移动，又一颗小陨石飞快地穿过太空，朝地球的远方飞去，犹如从地球上起飞的某种东西在朝宇宙彼岸进发一样。

这时，床脚的红灯闪烁起来。

"啊，灯！"律师喃喃了一句。

护士低声回答："哦，是咽气的信号。"

那是一种能够用电信号的方式感知生命活动的装置。律师垂下头。虽说他是个怪人，可作为一代成功者，他的死还是让人肃然起敬的。然后，律师自言自语地说："哦，过世了。虽然世上也有批评的声音，可他毕竟是个伟大的人物。对了，下面我该怎么做呢？"

这时，仿佛在解答律师的疑问似的，一旁的白金箱子立刻发出声音："你不需要多想，老头子已经死了，现在慌也没用。"

"嗯？"律师惊奇地反问一声。

"对了，从现在起我就是继承人了。我得去公司，赶紧开始赚钱。我今天必须要听取股票变动的报告。"

"是。可是，现在就去吗？"

"当然。你不愿意？好好想想吧，我可是你的主人。如果你不愿意干，我完全可以雇别人。只要我出钱，有的是人愿意给我干。"

箱子的声音中透着某种威严，让人不敢违抗。

"不，我愿意，遵命。"

"那就拜托了。哦，对了。你刚才帮他立了遗嘱，我现在就付你报酬。"

接着，一阵吱吱嘎嘎的声音从箱子里响起来。不一会儿，一张纸条从箱子上的一个细长孔里吐出来。律师捡起来一看，是一张记有金额的支付指令。

"多谢。"

律师的声音不由得激动起来。接着，箱子发出了下一道命令："来，赶紧把我推到公司去。时间就是金钱。要想让钱增值，就不能磨蹭。"

律师推着箱子，一面朝门口走去，一面自言自语："啊，多么理想的继承人哪！"

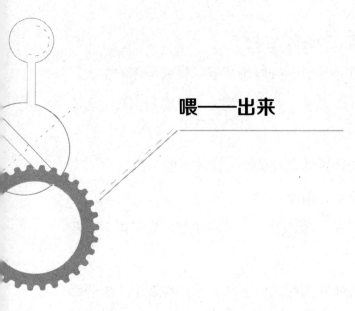

喂——出来

台风走了，留下一片蔚蓝的天空。

距离大城市不太远的某个村子受了灾，泥石流冲毁了村边山旁的一座小神社。

第二天早晨，获悉消息的村民们窃窃私语。

"那座小神社是什么时候建的？"

"反正很久以前就有了。"

"得赶紧重修一下。"

正议论时，有几个人走了过来。

"受灾挺严重的。"

"就是这一带吧。"

“不，好像是那边。”

这时，有个人大声说：“喂，这个洞到底是怎么回事呀？”

原来人群汇集的地方出现了一个直径达一米左右的洞穴。往里面瞧瞧，黑咕隆咚的什么也看不见，深不见底，仿佛直通到地球中心似的。

“是狐狸洞吧？”有人猜测说。

“喂，出来！”

有个年轻人冲着洞内喊了一声，毫无动静。接着，年轻人又捡起旁边的一块石头，就要往洞里扔。

“别扔，说不定会遭天谴的。”

尽管有老人阻止，可年轻人还是用力把石块扔了进去。可是，洞底仍没有动静。村民们于是砍了些树，用绳子做成一道栅栏，把洞口附近给围了起来。然后，村民们暂时撤了回去。

“怎么办呢？”

“要不，干脆在洞穴的上面像此前一样再建座神社？”

村民们商议了半天也没做出决定，就这样，一天的时间过去了。听到消息之后，某报社派了人匆匆赶来。不久，又来了一名学者，一脸自信地朝洞穴走来，仿佛天下没有他不知道的事情似的。

随之，一些好事之徒露面了，贼溜溜的投机分子也三三两两地出现了。当地的巡警怕有人掉进洞里，不停地警告。

有一名新闻记者在长绳子的一头拴上个坠子，想沉到洞底探测一下深度。结果绳子怎么放都放不到底。由于绳子已经放到了头，记者就想把绳子收回来，结果怎么拽也拽不上来。于是两三个人就帮他拼命拽，最后还把绳子给拽断了。

一名手持相机关注着事态进展的记者默默解开拴在腰上的结实的绳索。

学者跟研究所联系了一下，让人带来一台高性能扩音器，想调查一下洞底的回音。虽然用了很多声音都试了一遍，结果并没有回音。尽管学者很纳闷，可在众目睽睽之下，他无法就此放弃。

他把扩音器紧贴洞壁，把音量放到最大，连续放音。如果是在地上，这声音足够传到几十公里之外。可是，这个洞穴竟不费吹灰之力就把这些声音完全吞没了。

学者也有些为难，可表面上仍故作镇静。他停止放音，然后煞有介事地说："填埋掉吧。"

自己搞不懂的问题最好是把它消灭掉。

围观者都不过瘾，正要撤退。这时，一名投机分子拨开人群走到前面，说："把那个洞交给我吧，我来填埋。"

村长回答说："帮我们填起来是好事，不过，不能把洞给你。因为我们要在上面重建神社。"

"神社嘛，回头我给你们建个更好的，还是有集会场的那种，怎么样？"

还没等村长回答，有些村民就争先恐后地回答说："真的？那最好是离村子更近些。"

"不就是一个破洞嘛，给你了。"

由于村民们纷纷赞成，事情就这么定了下来。当然，村长也没有异议。

这名投机者并不是信口雌黄。他真的为村民们建了一座有集会场的神社，而且离村子很近。

当村民们在新的神社举行秋季祭祀的时候，投机者设立的填洞公司也在洞穴一旁的小屋里揭牌。

投机者让伙伴在城市里大肆宣传，说这里有一个超级深洞。学者也说洞深至少有五千米，是丢弃核电机组废弃物的绝佳地点。

政府批准了，核电公司争相签约。村民们虽然有点担心，可公司方面保证说，数千年之内有害物质是绝不会转移到地面上的，并且还许以诱人的分红，于是大家都同意了。不久，公司还在村子与城市的接合部修了一条宽阔的马路。

大卡车在马路上呼啸而过，运来一个个铅箱。人们把核电机组的废物投弃到洞里，还在洞上弄了个盖子。

某些政府部门也来丢弃那些没用的机密文件箱。监督的官员们谈论着高尔夫，作业的员工们则一面按指示投弃文件，一面聊着弹钢珠的事。

洞穴似乎永远都填不满。也不知是深不见底，还是洞底开阔。就这样，填洞公司在一点点地扩大规模。

大学传染病实验所使用过的动物尸体也被运来，无人认领的流浪者尸体也加入进来。由于具有比往大海里投弃更方便的优势，政府甚至还拟订了一个计划，打算用一根长管子把城市的污物都导到洞里来。

洞穴还给城市居民带来了一种安心感。所有人都喜欢不断生产，都讨厌垃圾的善后处理，而这个问题也被这洞穴给一点点解决掉了。

订婚的女孩们把旧日记扔进洞里；开始一段新的恋爱之旅的人把跟旧恋人拍的合影扔到洞里；警察们安心地用洞穴来处理没收的假钞；罪犯们也把犯罪证据扔进洞里，以此获得精神上的解脱。

洞穴慷慨地接受着人们丢弃的任何东西，冲洗掉都市的污秽，大海和天空比以前更清澈了。

新的高楼大厦一座座拔地而起，直冲云霄。

有一天，在一座大厦的施工现场，蓝蓝的天空之外，什么都没有。一名在高高的钢架结构上干活儿的作业员正在休息。忽然，他的头顶传来一个喊声："喂，出来！"

他抬头一看，除了蓝天，什么也没有。他以为是自己的耳朵听错了，正要继续休息时，一块小石头竟从他身边掠过，往下面落去。

可是，他只顾眯着眼睛享受城市的美好，完全没有察觉到坠落的小石头……